La collection
ROMANICHELS
est dirigée par
André Vanasse

Du même auteur

La rétrospection, roman, Montréal, Éditions Pierre Tisseyre, 1977.

La visiteuse, nouvelle (avec *Le dragon blessé*, de Claude R. Blouin), Trois-Rivières, APLM, 1979.

Jérôme et les mots, nouvelles, Montréal, Éditions Pierre Tisseyre, 1980.

La vie d'hôtel en automne, roman, Montréal, Éditions Pierre Tisseyre, 1983.

Un homme paisible, nouvelles, Montréal, Éditions Pierre Tisseyre, 1986.

Petits formats, poèmes en prose, Trois-Rivières, Écrits des Forges, 1987.

La terre comme un dessin inachevé, poèmes en prose, Trois-Rivières, Écrits des Forges, 1990.

Comme un lièvre pris au piège, roman pour les adolescents, Montréal, Éditions Pierre Tisseyre, 1992.

Au cru du vent, poèmes, en collaboration avec Bernard Pozier, Trois-Rivières, Écrits des Forges/Musée d'art de Joliette, 1990.

Parfois même la beauté, poèmes en prose, Trois-Rivières/Chaillé-sous-les-Ormeaux, Écrits des Forges/Le Dé bleu, 1993.

Les figurants, nouvelles, Montréal, Éditions Pierre Tisseyre, 1995.

Ainsi nous allons, poèmes en prose, Trois-Rivières, Écrits des Forges, 1997.

Tu crois que ça va durer ?

La publication de cet ouvrage a été rendue possible grâce à l'aide financière du ministère des Communications du Canada, du Conseil des Arts du Canada, du ministère de la Culture et des Communications du Québec et de la Société de développement des entreprises culturelles.

1781, rue Saint-Hubert
Montréal (Québec)
H2L 3Z1
Téléphone : 514.525.21.70
Télécopieur : 514.525.75.37
Courriel : xyzed@mlink.net

Dépôt légal : 1er trimestre 1999
Bibliothèque nationale du Canada
Bibliothèque nationale du Québec
ISBN 2-89261-254-3

Distribution en librairie :
Dimedia inc.
539, boulevard Lebeau
Ville Saint-Laurent (Québec)
H4N 1S2
Téléphone : 514.336.39.41
Télécopieur : 514.331.39.16

Conception typographique et montage : Édiscript enr.
Maquette de la couverture : Zirval Design
Illustration de la couverture : Sans titre, Marc Poissant, 1983
Illustrations des pages de garde : détail de la page couverture
Photographie de l'auteur : Christian Rouleau

Donald Alarie

Tu crois que ça va durer?

roman

XYZ
éditeur
Romanichels

Le titre de ce roman a été inspiré à l'auteur par un poème de François de Cornière.

J'écris ces lignes pour survivre, de quelque façon. J'imagine qu'il n'y a pas d'autre raison pour écrire. Je dis, j'écris cela, et je n'en sais rien : que sait-on ?

OLIVIER ROLIN, *Port-Soudan*

1

J'ai pris l'habitude de regarder par la fenêtre tous les matins, entre huit heures et huit heures quarante-cinq. J'observe. Après cela je dois partir, car le musée où je travaille ouvre ses portes à dix heures.

J'habite dans une rue peu fréquentée. En apparence, il ne s'y passe pas grand-chose. Certains diraient même qu'il ne s'y passe rien du tout. Et pourtant, si je me suis habitué à regarder par la fenêtre tous les matins, c'est que j'y trouve de l'intérêt. Parler de plaisir serait sans doute exagéré, mais le mot *intérêt* me convient assez.

Par la fenêtre, je vois les arbres, plutôt maigres en cette période de l'année. L'été, le paysage est sans doute plus réjouissant. Je n'en suis pas sûr, lorsque je suis arrivé ici toutes les feuilles étaient déjà tombées. À cette période de l'année, on a l'impression que les arbres vont se laisser choir sur le sol, se sentant tout à fait inutiles. J'allais dire honteux. Étrange cette habitude que j'ai de prêter des sentiments aux objets. Je le fais souvent alors qu'il m'arrive d'oublier que les humains, par exemple mes collègues de travail ou mes voisins, peuvent avoir des réactions émotives envers moi. Je confonds donc les objets et les personnes. J'ai pris conscience de cette propension à la confusion chez moi il y a quelques mois. Je le faisais peut-être avant sans m'en rendre compte. Une chose est certaine, avant que j'habite ici, j'avais un comportement bien différent. Certaines personnes diraient que j'adoptais alors des attitudes plus normales. Mais ce dernier mot me cause toujours bien des difficultés. Je m'efforce de l'employer le moins souvent possible. Même quand je l'entends sous sa forme adverbiale, je ne peux m'empêcher de sursauter.

Ainsi, l'autre jour au musée, un collègue a dit : « Normalement, les visiteurs ne se comportent pas de cette façon. Ils adoptent habituellement une attitude plus décontractée devant les œuvres d'art... » Cela voudrait-il dire que quelqu'un qui regarde une toile de Jean Paul Lemieux en se concentrant pour en saisir toute la signification est un anormal ? Quelqu'un qui donne l'impression de prendre l'art au sérieux est-il un anormal ? C'est ce que semblait vouloir dire ce collègue. Et pourtant il est évident qu'il n'avait pas raison. C'est vrai qu'il s'agit d'un nouveau, et qu'il se surprend encore de tout. Je me demande d'ailleurs pourquoi il a choisi ce type de travail. Je le verrais plutôt dans un emploi à caractère manuel, quelque chose qui demande l'utilisation de la force physique. Mais je me trompe peut-être.

Voilà pourquoi il faut se méfier du mot *normal*. Je pense parfois que les mots ont presque autant de sens que le nombre de personnes qui les utilisent. On peut sans doute aller plus loin en disant que, pour chaque personne, chaque mot a plusieurs sens. Il en va ainsi pour le mot *normal* et pour une multitude d'autres. Voilà pourquoi j'aime la solitude. Elle minimise le risque de confusion. Elle diminue au minimum le malaise qui s'introduit en nous quand trop de mots, et trop de sens, occupent l'air ambiant.

Donc tous les matins, entre huit heures et huit heures quarante-cinq, j'observe ce qui se passe dans ma rue. Et j'ai le sentiment de ne pas perdre mon temps. Ou, en tout cas, de moins le perdre que si je regardais une émission de télévision ou que si je lisais le journal. Il m'a d'ailleurs fallu un certain temps pour apprendre à regarder par la fenêtre. Au début, je regardais sans voir. Je n'arrivais pas à être vraiment attentif. J'étais encore trop absorbé par mon monde intérieur. L'événement que j'avais vécu quelques mois plus tôt prenait encore trop de place. Je le revoyais fréquemment se dérouler au fond de ma tête comme un film dont je ne contrôlais pas du tout la projection. J'étais devenu en quelque sorte un écran en perpétuelle ébullition. Je n'arrivais pas à me maîtriser. Je vivais en pure perte. Et je me sentais souvent un peu sale de si mal me contrôler. J'avais parfois les mains moites et l'esprit fiévreux.

Si je n'avais pas vécu seul, j'aurais eu honte car les autres autour de moi auraient probablement deviné que j'étais profondément perturbé. Ils auraient pu deviner ce qui s'était inscrit en moi à jamais. Je sais que je raisonnais comme si tout le monde avait le pouvoir de lire les gens autour d'eux comme on lit un livre ouvert sur ses genoux, par exemple dans le métro. Je donnais alors aux gens des pouvoirs qu'ils ne possédaient pas. À cause de cela, je préférais me retrouver dans une grande solitude.

Parmi les autres mots qui me causent des problèmes, il y a le mot *vérité*. Celui-là, je trouve qu'il a trop d'ampleur pour un simple mot de six lettres. J'essaie de l'utiliser encore moins souvent que celui dont j'ai parlé auparavant. C'est un mot qui fait naître en moi de la frayeur. Il me fait frissonner. Pourtant, je ne suis pas une personne frileuse. Je ne porte jamais de gants, même durant les journées les plus froides de l'hiver. Et il en a toujours été ainsi, y compris lorsque je fréquentais la petite école. Je me souviens que ma mère me répétait de mettre des gants pour ne pas avoir les mains gercées. Elle ouvrait la porte de la maison et m'appelait pour que je revienne chercher ces fameux gants qui me protégeraient.

Je n'ai à peu près jamais froid, et pourtant le mot *vérité* me fait frissonner quand je l'entends. Et quand je me mets à frissonner à cause de ce mot, il m'arrive de ne plus pouvoir m'arrêter. Et cela dure jusqu'à ce que je me pénètre d'un mot plus apaisant. Je pense alors à des mots concrets comme *table* ou *soulier*. Des mots dont la solidité ne peut que me rassurer. Avec eux, je finis par m'apaiser. Ce sont en général des mots faits de bois, de pierre ou de cuir. Des mots sur lesquels on peut compter. Des mots qui ne vous laissent pas tomber parce que trop riches de sens. Des mots, en quelque sorte, sans conséquence. Des mots qui n'ont presque pas l'air de mots tellement on risque peu en les utilisant à haute voix.

Entre huit heures et huit heures quarante-cinq, il se passe à vrai dire plein de choses dans ma petite rue. Il suffit d'apprendre à regarder. En plus des arbres qui semblent désolés, il y a évidemment les enfants qui s'en vont à l'école. Je ne leur ai jamais parlé, mais j'ai l'impression de tous les connaître, sauf un nouveau qui a fait son apparition il y a deux jours. Ses parents viennent sûrement d'emménager dans le quartier. Il les a suivis, bien entendu. On ne lui a sûrement pas demandé son avis. C'est là une chose que je détestais quand j'étais jeune, qu'on ne me demande jamais mon avis. On me disait « fais cela » et je le faisais. On me disait « tu dois faire autre chose » et je le faisais. J'avais la réputation de celui qui obéissait toujours. J'étais, paraît-il, presque parfait. Premier à l'école, jamais de grosses bêtises, ni même de retards à la maison. Je ne rouspétais jamais. Mes tantes étaient même un peu jalouses de moi, elles qui avaient des enfants plus turbulents, des enfants tout simplement plus vivants.

Quand j'y pense maintenant, avec le recul, je me rends compte que je vivais déjà, d'une certaine façon, comme un marginal. J'avais des amis et j'allais souvent participer à leurs jeux. Par contre, la vie sociale, si on peut l'appeler ainsi, n'était pas une de mes joies. Je me sentais déjà mal à l'aise dans certaines fêtes où tout le monde semblait s'amuser. Un voyage en groupe, qui faisait la joie de tous, devenait parfois pour moi quelque chose de compliqué. Il m'est même déjà arrivé de me déclarer malade pour ne pas participer à une journée d'activités à la campagne durant l'hiver. Mon jeune collègue de travail dirait sans doute que je n'étais pas *normal*. Voilà, le mot est employé. Mais je le mets dans la bouche d'un autre. Je ne me l'approprie pas. Et je ne le ferai jamais.

Pour revenir aux enfants, disons qu'ils sont en général sept à passer devant la maison entre huit heures et huit heures quarante-cinq. Il faut dire qu'à partir de huit heures vingt-cinq ils sont presque tous déjà passés, sauf les retardataires. Il y en a deux qui sont parfois en retard. Je les observe qui courent au milieu de la rue souvent glissante à cette période de l'année. Ils ont probablement huit ou neuf ans, un garçon et une fille qui doivent se faire disputer parce qu'ils n'arrivent pas toujours à l'école avant le son de la cloche.

Il y a quelques semaines, je suis allé voir l'école. Avant il y en avait deux, une en face de l'autre. Maintenant, l'ancienne école des garçons a été démolie et il ne reste que l'école des filles, qui est évidemment devenue une école mixte. Moi, quand j'étais jeune, j'allais à l'école qui a été démolie et je marchais le matin dans cette rue comme les jeunes enfants que je vois passer chaque matin. C'est la rue de mon enfance. Et je suis revenu y vivre quarante ans plus tard. J'aurais bien aimé habiter la maison où je suis né, mais c'était impossible. Elle appartient à un jeune couple qui l'a achetée il y a trois ans. Je les entends parfois partir dans une vieille voiture trop bruyante.

Ils ont accepté que je visite leur maison quand je leur ai dit que j'y étais né. Ils ont même trouvé la situation originale et m'ont invité à revenir leur rendre visite si je le désirais. Depuis, je n'y suis plus retourné, mais il nous est arrivé de nous saluer.

Je me suis donc installé tout près. De ma fenêtre, j'aperçois la maison de mon enfance. Et parfois je me vois jouer sur le trottoir vers 1950... Je revois brusquement sortir mon grand-père, lui qui m'aimait plus que tout le monde. Il était détestable avec les autres, mais jamais avec moi. Je revois parfois ma mère et ma grand-mère assises sur le balcon ou discutant avec une voisine. Je me revois, un bâton de hockey à la main, frappant sur une rondelle pour déjouer des adversaires imaginaires.

Les enfants sont tous passés et personne n'était en retard. Il fait nuageux et plutôt froid. C'est le jour du loyer. Il ne faut surtout pas que j'oublie de le payer, comme la dernière fois. Mon propriétaire, qui habite juste en dessous, me trouve déjà un peu étrange. Je ne dois pas lui donner la chance de commencer à me détester.

J'aimerais bien vivre sans retenir l'attention. Vivre tout simplement, silencieusement. Comme un oiseau qui a perdu la voix. Et qui est donc le seul à connaître son chant. Un oiseau qui réussit à échapper à la mort parce qu'il n'attire l'attention de personne sur lui. C'est sans doute là l'élégance suprême : passer inaperçu.

Les vers d'aujourd'hui, qui m'accompagneront pendant les heures à venir, seront ceux d'Anise Koltz :

Chaque nuit
je couche
dans un lit différent
pour échapper à la mort

Je porte un casque
pour me protéger
d'elle.

2

Ce matin, ils ne sont que six à se rendre à l'école, deux groupes de trois qui gesticulent dans le froid de janvier. Il y a Marcel et Robert qui bousculent un peu Nicole. Quelques mètres derrière eux trottinent Martin, Ginette et Jean. Celui qui n'est pas là ce matin, je l'ai baptisé Antoine. Il est sans doute en retard ou grippé. De toute façon, c'est son habitude d'être en retard. Mais aujourd'hui, j'ai l'impression qu'il sera absent. Je ne crois pas que les jeunes enfants d'aujourd'hui s'appellent Ginette, Marcel ou Robert. Je me rends compte que j'ai donné à certains des noms que portaient les enfants de 1950. Les enfants de mon enfance.

Je leur ai donné non seulement des noms, mais aussi des caractères. Juste à les regarder marcher, je pense les connaître. Ainsi, je suis persuadé que Robert est du genre à prendre beaucoup de place et à aimer s'imposer. Il semble un peu plus costaud que les autres. Et Marcel le suit comme son ombre. Il espère sans doute qu'il aura la protection de Robert si cela est nécessaire. Pour ce qui est de Nicole, elle marche souvent seule. Si ce matin elle a accepté d'accompagner les deux autres, il y a sûrement une raison. Elle ne me paraît pas, à première vue, du genre à s'en laisser imposer. Elle doit tenir tête aux garçons. J'aime bien Nicole.

J'ai plus de difficulté, par exemple, avec Jean. Je l'imagine premier de classe, mais c'est peut-être une hypothèse qui ne correspond pas à la réalité. Ginette semble la plus fragile de tous. Il lui arrive même de tomber dans la neige et de ne pas se relever tant qu'un des autres n'est pas venu l'aider. Habituellement, c'est Martin qui s'occupe d'elle. Il ne le fait pas toujours de bon cœur, on dirait même qu'il l'engueule un peu. Il pourrait être son frère. Pourtant, ils ne portent pas le même genre de vêtements.

Je m'étais trompé, Antoine arrive en courant. Les autres sont déjà passés depuis au moins cinq minutes. S'il est à temps à l'école, ce sera de justesse. Il porte une drôle de casquette et des bottes rouges qui doivent attirer l'attention et peut-être provoquer les rires des camarades. Mais je ne le crois pas du genre à se formaliser d'une chose comme celle-là. Antoine est le plus indépendant de tous. Parfois on dirait qu'il fait tout pour se distinguer des autres. Il lui arrive même de les provoquer en passant près d'eux. Ainsi hier matin, je suis persuadé qu'il a fait exprès pour bousculer Marcel, et lorsque Robert est venu à la rescousse de son compagnon, Antoine s'est sauvé en criant, les bras au ciel comme s'il arrivait à la fin d'une longue course.

Depuis que j'habite ici, je ne parle à personne. Ou presque. Ces enfants font partie de mon univers et ils ne le savent même pas. Un matin, je les ai tout de même croisés en allant chercher du lait, du pain et d'autres denrées à l'épicerie du coin. Je les ai regardés en souriant et je leur ai dit bonjour. Seule Nicole m'a répondu. Elle a dit « bonjour, monsieur » d'une voix sûre d'elle. Un de ses amis lui a demandé si elle me connaissait. Je n'ai pas entendu sa réponse.

En prenant l'escalier qui conduit à mon appartement, j'ai vu Nicole qui me regardait de loin. Je suis venu bien près de lui envoyer la main, mais elle s'est retournée trop rapidement. Et de toute façon je ne pouvais pas laisser tomber mes deux sacs de nourriture pour la saluer.

C'est juste à ce moment-là que je me suis rendu compte que je n'avais pas ma clé pour entrer chez moi. J'ai bien tenté d'ouvrir une fenêtre de l'extérieur, mais je n'y suis pas parvenu. Il m'a fallu redescendre et sonner chez le propriétaire pour lui expliquer mon étourderie. Cela n'a sûrement pas aidé cet homme à modifier l'opinion qu'il se fait de moi. Je l'imagine allant raconter à tout le quartier que son étrange locataire oublie parfois sa clé et vient le déranger pour pouvoir entrer chez lui. Et à huit heures trente du matin en plus.

Quand il a ouvert la porte, il était en robe de chambre. Il venait sans doute de se lever. Et il avait oublié de mettre la perruque ou peut-être ne la porte-t-il que lorsqu'il sort de la maison. Il a seulement dit : « Ah c'est vous… » Et comme il n'ajoutait rien, je me suis expliqué timidement. Sans dire un mot, il est allé dans la cuisine et est revenu une clé à la main. Je l'ai remercié et je suis sorti avec mes deux sacs de nourriture.

Lorsque je suis revenu lui porter sa clé, il m'a fait poireauter au moins trois minutes avant de répondre. Il était habillé et sa tête chauve était recouverte d'une chevelure brune ondulée. Je me suis excusé encore une fois et il m'a salué d'un simple signe de tête.

J'ai déjà rencontré cet homme à plusieurs reprises et j'ai pourtant le sentiment de moins bien le connaître que les jeunes écoliers qui passent devant la maison chaque matin. Je n'arrive pas à savoir ce qu'il pense vraiment. Peut-être ne pense-t-il pas, tout simplement. J'ai fini par apprendre que le logement que j'occupe a été libre longtemps. C'est sans doute pour cela qu'il n'a pas hésité à me le louer, allant même jusqu'à m'offrir de la peinture pour que je rafraîchisse un peu les murs. Cela n'a pas été long puisqu'il n'y a que trois petites pièces en plus de la salle de bains qui est elle-même minuscule. C'est une vieille maison construite en 1920.

La maison de mon enfance, celle d'en face, n'a pas été rénovée. Les jeunes gens qui l'habitent m'ont dit qu'ils aimaient les vieilles choses et qu'ils n'avaient surtout pas l'intention de changer les armoires ou de tout moderniser. Ici, c'est un peu pareil. Les gens qui se sont succédé dans ces maisons n'avaient peut-être pas d'argent pour faire des modifications. Ou peut-être étaient-ils comme le jeune couple, peut-être aimaient-ils les vieilles choses. Moi, je vivais avant dans une maison presque neuve où tout était moderne. C'était une grande maison dans laquelle on comptait sept pièces et deux salles de bains. Mais je me suis rapidement habitué à mon nouvel environnement beaucoup plus modeste.

Je n'ai pas apporté ici beaucoup d'effets personnels : des vêtements, des livres de poésie, des disques et l'appareil pour les écouter. Aussi un tableau que j'aime bien. Dans un paysage à peine esquissé, on voit deux femmes de dos qui marchent côte à côte. Elles sont au bord de la mer ou dans un espace désertique. À gauche, au loin, une petite maison. C'est peut-être vers cette maison qu'elles se dirigent. Les deux femmes n'ont pas la même taille. Elles pourraient être la mère et la fille. Ou deux amies dont l'une serait plus vieille que l'autre. Ou deux sœurs.

Parfois, quand je reviens du travail et que je marche dans la rue, c'est toute ma petite enfance qui me revient à l'esprit et c'est comme si le temps n'avait jamais vraiment eu d'emprise sur moi.

Aujourd'hui, je vais vivre avec les vers du poète finlandais Peter Sandelin :

elle a ouvert une fenêtre sur le printemps
elle s'est déshabillée
elle a mis sa chemise à sécher
je vois ses seins briller comme des fruits
au fond de la pièce obscure

3

Je ne sais pas si c'est le fait d'avoir eu les vers de Peter Sandelin dans la tête durant toute la journée d'hier, toujours est-il que je me suis couché en pensant à Gabrielle et que je me suis réveillé en pensant à Gabrielle. Si certains mots me font frémir, je dois par contre dire que souvent les vers des poètes que j'aime influencent ma journée. Je n'en parle à personne, surtout pas à mes collègues de travail, qui sont très bavards durant la pause-café et à l'heure du dîner. Cela se comprend, ils passent leurs journées dans le silence. Des heures à marcher dans le musée en côtoyant des gens qui sont presque silencieux et des œuvres d'art qu'ils n'apprécient pas toujours.

Ces jours-ci, ce sont les grandes toiles de Jean Paul Lemieux qui occupent nos regards. C'est un peintre que j'aime et c'est heureux pour moi. J'ai même l'impression que, depuis quelques mois, je suis devenu un des personnages de Lemieux. Ceux qui sont seuls dans le coin d'un tableau avec tout l'espace autour d'eux. Mes rêves varient au rythme des expositions. Avant que j'aie cet emploi, je ne me souvenais jamais de mes rêves, mais depuis que je vais au musée presque chaque jour, mes nuits sont remplies de formes et de couleurs. Et le matin, il m'arrive de me rappeler exactement le déroulement de tel rêve qui faisait de moi un personnage du dix-septième siècle ou une masse rouge difficile à définir.

Mais ce matin, c'est à Gabrielle que j'ai pensé dès que j'ai ouvert les yeux. C'est une voisine qui habite de l'autre côté de la rue. Elle, je n'ai pas inventé son nom, comme je l'ai fait pour les jeunes écoliers.

J'ai entendu prononcer son nom par mon voisin Henri il y a trois jours. Il l'a saluée en riant au moment où elle sortait de chez lui. Et elle descendait l'escalier, joyeuse et alerte malgré sa taille. Gabrielle n'est pas une grosse femme, mais disons qu'elle est en santé. Elle ne pourrait pas occuper un emploi de mannequin sans perdre quinze ou vingt kilos. Elle porte des vêtements très voyants, par exemple un manteau jaune citron, un bonnet rouge et des bottes blanches. Autrement dit, il serait surprenant qu'elle se fasse renverser par une voiture en traversant la rue. D'autant plus que dans notre rue il passe peu d'autos, une toutes les dix minutes environ. Voilà donc deux bonnes raisons pour que Gabrielle ne se retrouve pas sur la liste des accidentés de la route.

Ce que je dois ajouter, c'est que je n'ai pas seulement entendu Gabrielle et Henri rire dans l'escalier, je les ai entendus aussi rire avant, pendant qu'ils s'en donnaient à cœur joie. Il faut dire que dans les vieilles maisons les cloisons ne sont pas très étanches. On entend les bruits d'à côté. Par exemple, je sais que mon voisin est un amateur de musique western. Quand il en écoute, je mets ma propre musique et j'utilise les écouteurs. Ça ne sert à rien, je ne serai jamais capable d'apprécier ces chansons dans lesquelles les rimes sont tellement prévisibles qu'on les devine dès la première audition. Et puis il y a souvent un côté nasillard que je n'arrive pas à aimer. On dirait parfois qu'ils ont inventé une nouvelle façon de prononcer les mots. Ou peut-être qu'ils s'adressent à leurs chevaux. Je me demande si Gabrielle apprécie la musique western. Peut-être que oui. Si elle est copine avec Henri, elle a possiblement les mêmes goûts que lui. Mais j'espère me tromper.

Un peu plus tard dans la journée, j'ai rencontré Henri à l'épicerie. Habituellement il se contente de me saluer, mais là j'ai senti qu'il voulait en dire un peu plus. Il a hésité quelques secondes, pour finalement laisser tomber : « Vous avez sûrement entendu Gabrielle ce matin... Un vrai rayon de soleil... Je la vois de temps en temps... » Et comme je ne réagissais pas, il a fini par dire : « Ça vous ferait peut-être du bien à vous aussi... Si vous voyez ce que je veux dire... » Puis il est parti en me faisant un signe de la main. C'était la première fois que je l'entendais formuler quelques phrases.

Pendant que je payais à la caisse, le patron m'a dit : « Il est encore vert, le vieux Henri. Soixante-dix ans la semaine prochaine. Je le connais depuis plus de trente ans. Après la mort de sa femme, il y a sept ou huit mois, je me demandais comment il allait tenir le coup. Et voilà qu'on dirait qu'il rajeunit... Il a peut-être trouvé une potion magique... » Et sa femme, qui était juste à côté de lui, de s'exclamer : « Sa potion magique s'appelle Gabrielle ... » Je me trompe peut-être, mais j'ai eu l'impression qu'il y avait une pointe de jalousie dans sa voix. J'ai fait comme si je n'avais rien entendu et je suis parti avec mes deux sacs de nourriture. Le patron voulait qu'un jeune employé m'aide à transporter ce que je venais d'acheter, mais devant mon refus il n'a pas insisté.

C'est sans doute à cause de tout cela, plus qu'à cause des vers de Peter Sandelin, que je me suis réveillé en pensant à Gabrielle. Il est vrai que, depuis l'événement tragique qui a perturbé ma vie, je n'ai eu aucun rapport avec les femmes. Je suis comme incapable de leur parler, de les sentir près de moi. Même dans le métro et l'autobus, j'essaie de ne pas m'asseoir près d'elles.

Au musée, il y a une jeune veuve du nom de Lucie qui fait tout pour attirer mon attention. Si je continue à ne pas réagir devant ses sourires et ses paroles, elle va se poser des questions sur mon orientation sexuelle. Son mari est décédé dans un accident d'avion il y a plus de trois ans. Elle a essayé de me raconter tout cela à deux reprises, mais chaque fois j'ai fait celui qui était pressé de rentrer chez lui. Tout ce que je sais, c'est qu'il avait son brevet de pilote depuis huit ans et que son petit avion s'est écrasé dans une forêt, un jour de pluie intense. Lucie semble une personne très douce. Elle m'a dit qu'elle était devenue employée de musée parce qu'elle aimait la peinture. L'a-t-elle dit seulement pour m'impressionner ? Elle m'a demandé : « Et vous, comment vous êtes-vous retrouvé ici ? » Je me suis défilé en lui disant que c'était une longue histoire.

En fait, ce n'est pas une si longue histoire que cela. Je fréquente les musées depuis plus de vingt ans. Il m'est souvent arrivé d'y passer un journée entière à prendre des notes sous l'œil parfois un peu agacé des surveillants. Un jour l'un d'eux m'a même demandé, à l'heure de la fermeture: « Vous revenez demain ?... » Ce jour-là, j'étais entré au musée à dix heures et j'y étais resté toute la journée à déambuler d'une salle à l'autre. Le soir, j'étais complètement épuisé, comme si j'avais fourni un effort physique soutenu. Depuis quelques années, j'y allais surtout le samedi après-midi. Parfois avec Michelle.

Quand je me suis présenté au musée pour faire une demande d'emploi, le directeur avait déjà entendu parler de moi. Après une entrevue de trente minutes, il m'a dit qu'un surveillant venait justement de prendre sa retraite et que le poste était libre pour moi. Quelques jours plus tard, je commençais mon travail. J'ai trouvé cela un peu difficile au début, à cause de ma jambe qui me faisait parfois encore souffrir.

Ce que je ne peux pas raconter aujourd'hui, c'est pourquoi j'ai décidé, à ce moment-là, de passer de mon ancienne vie à celle-ci. Car pour moi, il s'agit bien de deux vies différentes. J'ai parfois l'impression d'être né à nouveau il y a quelques mois. Et avant de naître pour la seconde fois, je suis naturellement mort dans des circonstances atroces.

Dans un très beau livre intitulé *Les saisons*, François Jacqmin écrit :

> *Apaisé par le givre, je ne*
> *cherche plus un remède à*
> *l'ennui.*
> *La détresse de l'esprit est*
> *superflue lorsqu'on a froid.*

4

Les petits écoliers sont de retour ce matin après quelques jours de congé et ils semblent en parfaite santé. Je les reconnais de loin dès qu'ils apparaissent dans leurs vêtements colorés. Parfois ils me jouent des tours en s'habillant de façon différente. J'essaie de deviner ce qu'ils peuvent se raconter même si je ne les entends pas. Ils aiment gesticuler. Cela donne des chorégraphies que je suis le seul adulte à essayer de comprendre à cette heure-ci.

Ils remplacent en quelque sorte la famille que je n'aurai jamais plus. Quand je ne les vois pas pendant quelques jours de congé, j'ai l'impression qu'il me manque quelque chose d'important. Je dirais même que je dois, certains matins, faire des efforts pour ne pas aller leur parler. J'imagine que leurs parents les ont mis en garde contre les étrangers qui leur adresseraient la parole. Si je leur parle, je vais peut-être m'attirer des ennuis, moi qui cherche présentement la solitude et le silence.

Quand j'étais jeune, je me souviens que ma mère me disait de me méfier des étrangers. Surtout des hommes. Elle me parlait même des gens qui pouvaient enlever les enfants. Il y avait eu un cas célèbre à cette époque. Elle m'avait montré la photo de l'enfant dans le journal, et aussi la photo de sa mère désespérée. Je me rappelle qu'il m'arrivait de faire des cauchemars à ce sujet. Mon père lui disait alors de ne plus me parler de cela pour ne pas me perturber pour toujours.

Une journée ils se sont disputés à ce propos. C'est vraiment la seule fois où j'ai vu mon père en colère. Il était sorti en faisant claquer la porte et en sacrant. Il était habituellement d'une grande douceur. Je ne pouvais l'imaginer en train de se battre. Je ne l'imaginais pas non plus fréquentant des voyous.

Durant les années suivantes, il lui arrivait de s'absenter quelques jours pour son travail. Quand mon père revenait à la maison, il avait toujours le sourire de celui qui était heureux de rentrer chez lui. Ma mère disait souvent: « Tiens, voilà mon bel Ulysse qui revient d'un long voyage… » Et lui, il lui répondait : « J'ai bien hâte de voir ce que tu m'as tricoté durant mon absence… »

Ils étaient heureux comme je l'ai été moi aussi jusqu'à ce que ma vie soit coupée en deux. Devant un tel gâchis, je suis resté impuissant. Et pendant plusieurs jours, je n'ai plus eu le courage de me regarder dans un miroir, car j'avais peur de ce que j'allais voir au fond de mes yeux. J'avais peur de ne plus pouvoir vivre avec cet homme que j'étais devenu. J'ai pensé changer de nom et m'exiler. Je me suis plutôt contenté de déménager dans le quartier de mon enfance et de me trouver un nouvel emploi.

Parfois je ne dors pas la nuit parce que j'ai peur de me perdre dans le sommeil et de ne plus en revenir. Me perdre dans la nuit me semblerait encore pire que de me perdre dans la vie éveillée. En plein jour, j'ai encore des points de repère. Et je m'accroche. Dans le sommeil, je pourrais renoncer à tout sans même m'en apercevoir.

Il m'est arrivé de penser une fois que je serais mieux de mettre fin à ma vie. J'ai songé à la noyade, mais j'ai tout de suite compris que je n'y parviendrais jamais. Avant de m'endormir, j'ai parfois l'impression que je vais me noyer dans la nuit. Et maintenant que j'ai décidé de continuer à vivre, cela me terrorise. Je ne peux faire autrement que d'imaginer mon voisin Henri ou le propriétaire découvrant mon cadavre replié sur lui-même. J'aurais le corps boursouflé par l'eau de la nuit et ils ne comprendraient pas comment une telle métamorphose se serait produite. Je deviendrais à mon tour un fait divers comme c'est arrivé à celles que j'aimais et qui maintenant ne sont plus.

Les enfants sont passés, et comme j'étais perdu dans ma rêverie, je ne me suis pas occupé d'eux. Il est vrai qu'eux ne s'occupent pas de moi du tout. Sauf Nicole, celle qui m'a dit bonjour un matin. Parfois, j'ai l'impression qu'elle jette un coup d'œil vers mon appartement en continuant à marcher. Mais c'est peut-être une erreur de ma part de penser une telle chose. De toute façon, je m'arrange pour qu'ils ne me voient pas.

Au musée, nous sommes toujours dans l'univers de Jean Paul Lemieux. Le jeune, celui qui trouve parfois que les visiteurs ont des attitudes plus ou moins normales, a dit qu'il n'en pouvait plus de voir des Lemieux. Il a demandé à être transféré dans une autre partie du musée. Cela arrive que des surveillants soient plus ou moins allergiques à tel ou tel artiste. Le jeune s'est pour l'instant retrouvé dans l'autre aile, en plein art oriental. Il va possiblement s'y plaire, je trouve qu'il a un petit air chinois dans sa façon de saluer.

Je connais l'univers de Lemieux depuis très longtemps. Mais je dois admettre que les tableaux qu'il a peints vers la fin de sa vie sont tout particulièrement impressionnants. Ceux-là, je ne les connaissais pas. Il ne faut pas les regarder trop longtemps, car la mort semble parfois les habiter. On peut dire que ce sont des œuvres expressionnistes. Je ne vais pas me mettre à faire une réflexion sur les tableaux de Lemieux. Quand j'ai été engagé pour travailler au musée, je me suis bien promis de me contenter de vivre parmi les œuvres d'art. Je ne veux pas devenir un théoricien. Surtout pas.

C'est présentement à Saint-Denys Garneau que je pense :

C'est eux qui m'ont tué
Sont tombés sur mon dos avec leurs armes, m'ont tué
Sont tombés sur mon cœur avec leur haine, m'ont tué
Sont tombés sur mes nerfs avec leurs cris, m'ont tué

C'est eux en avalanche m'ont écrasé
Cassé en éclats comme du bois

5

Gabrielle est encore venue visiter Henri hier soir. Et je suis persuadé que, en descendant de chez lui, elle est entrée chez mon propriétaire. J'étais sur le point d'aller me coucher quand je l'ai entendue cogner à la porte d'à côté. Habituellement, je ne me couche pas avant minuit. Mais hier je me sentais grippé, et j'éprouvais le besoin de dormir un peu plus longtemps. Je venais juste de m'asseoir sur le bord de mon lit quand j'ai entendu du bruit dans l'escalier. Et par la suite la voix de Gabrielle qui parlait en riant.

Elle est restée au moins trois heures chez Henri, de sorte que je me suis endormi très tard. Ce n'est pas que je voulais absolument savoir tout ce qu'ils disaient, mais quand je suis couché dans ma chambre, j'entends une bonne partie de ce qui se passe chez le voisin. J'ai pensé à quelques reprises installer ma chambre dans la pièce d'en avant, puis je ne l'ai pas fait. Probablement par paresse. Et puis il faut bien dire que d'habitude, à l'heure où je me couche, il n'y a pas de bruit. Henri doit se coucher avant moi. De mon côté, je me lève assez tôt. Il ne me dérange donc à peu près jamais. Hier, c'était en quelque sorte exceptionnel.

Après une heure, je me suis levé pour lire un peu. Quand je suis revenu me coucher, ils étaient toujours là à placoter et à rire. Puis vers deux heures, j'ai finalement entendu Henri dire avec entrain: «T'es ben fine, ma

Gabrielle, de venir prendre soin de moi comme ça... Si t'étais pas là, je sais pas ce que je deviendrais... » Elle lui a parlé pendant quelques minutes, mais je ne comprenais pas vraiment ce qu'elle disait. Elle murmurait et parfois éclatait de rire au beau milieu d'une phrase. Et Henri riait lui aussi.

Vers deux heures du matin, j'ai entendu fermer la porte à côté. Là j'ai pu enfin m'endormir. Et ce matin, au moment où je jetais un coup d'œil par la fenêtre pour voir le temps qu'il faisait, j'ai aperçu Gabrielle devant la maison, qui discutait avec le propriétaire. J'ai eu l'impression qu'elle ne s'était pas arrêtée comme ça en passant pour jaser quelques instants, mais plutôt qu'elle le quittait. Et avec le froid qu'il faisait, elle ne se serait sûrement pas arrêtée pour bavarder au milieu du trottoir.

C'est à ce moment-là que j'ai réalisé que j'étais le seul homme dans la maison à qui elle n'avait pas rendu visite. Le propriétaire vit seul en bas dans un grand six-pièces. Henri et moi, nous nous partageons le haut. Jadis, quand j'étais enfant, les jeunes couples s'installaient d'abord dans un trois-pièces et demie. Puis après quelques années, avec l'arrivée du premier enfant, ils quittaient ce logement devenu trop petit. Maintenant que les familles sont peu nombreuses et que les gens vivant seuls sont légion, les choses doivent se passer différemment. De toute façon, des maisons comme celle que j'habite présentement, il ne s'en construit plus. C'est un modèle des années vingt. Comme moi je suis un modèle de la fin des années quarante.

La maison de mon enfance, située juste en face, est divisée de la même façon. Le jeune couple propriétaire habite en bas. Lorsque je leur ai demandé si les logements du haut étaient libres, ils m'ont répondu que c'était loué pour au moins deux ans. Ce sont, semble-t-il, des amis à eux qui y sont installés. Durant la conversation, ils ont laissé entendre qu'ils aimeraient un jour occuper toute la maison en construisant un escalier intérieur pour que le rez-de-chaussée communique avec le haut. Mais cela ne semble pas un projet réalisable pour eux avant plusieurs années.

Je n'irai pas travailler aujourd'hui, je ne me sens vraiment pas bien. Je vais m'absenter pour la première fois en deux mois, ils ne pourront pas dire que j'exagère de ce côté. Ils demanderont peut-être au jeune de quitter la salle d'art oriental pour venir me remplacer. Ça lui donnera une chance de plus d'apprivoiser les œuvres de Jean Paul Lemieux. Je crois que ce qu'il n'accepte pas, c'est l'espace dans les tableaux. Il m'a dit l'autre jour : « C'est trop vide à mon goût… On dirait qu'il veut qu'on remplisse les tableaux à sa place… Et moi, ça me fatigue. J'aime ça quand les artistes nous en donnent plus à voir. J'aime ça quand les couleurs sont plus vives… » Et il m'a parlé d'un Pellan qu'il avait vu dans un autre musée.

Au fond, il n'était pas loin de la vérité, sauf que cette vérité le fatigue. Moi, au contraire, j'ai toujours aimé que les peintres laissent de la place à ceux qui regardent leurs œuvres. J'aime qu'ils nous laissent, en quelque sorte, participer à leur travail. Avec Lemieux, je suis comblé. J'ai entendu une visiteuse dire à sa compagne : « Il y a assez de place pour nous deux dans ce grand tableau… » C'est une réflexion qui m'a fait rêver une partie de la journée. Et qui m'a fait oublier le mal de dos que j'éprouvais ce jour-là.

Il m'arrive souvent d'écouter les commentaires que les visiteurs font entre eux. Il faut être très attentif, car la plupart du temps ils parlent à voix basse. Parfois un commentaire me nourrit une partie de la journée. Je le laisse flotter dans ma tête. Je le reprends de toutes les façons possibles. Peu à peu il se transforme et il finit par m'appartenir. Je ne sais pas comment les autres font. Ils ont souvent l'air de s'ennuyer mortellement. Sauf Lucie, toujours souriante quand elle me croise.

Durant les visites scolaires, les choses sont différentes. Là il faut avoir l'œil bien ouvert et être très présent. Le fait de voir tous ces enfants se déplacer souvent à grande vitesse parmi les tableaux me rend nerveux. Je me dis qu'il suffirait d'une bousculade pour que le pire se produise. Mais en même temps, les entendre s'exclamer devant une œuvre d'art me comble de bonheur. J'espère qu'ils s'en souviendront un jour et que cela les aidera à vivre.

Durant la journée, il y a aussi un poème qui me trotte dans la tête. Je joue avec, tellement que parfois je ne me souviens plus de la version originale. Le soir, en arrivant à la maison, il m'arrive de relire les quelques lignes découvertes le matin pour voir d'où est partie ma rêverie. Le besoin d'avoir quelques vers qui m'accompagnent provient sans doute de la solitude dans laquelle je vis. Certains jours, je ne prononce pas plus de dix phrases à haute voix. Je ne me plains pas. Je constate. C'est tout.

Mon enfance, je l'ai peut-être transformée elle aussi au cours des ans. Comme les commentaires des visiteurs au musée et les vers que je lis le matin. Ainsi, ce que je revois se dérouler devant la maison d'en face n'est possiblement qu'une histoire en partie inventée. Cet enfant qui portait des lunettes dès l'âge de quatre ans, était-ce bien moi ? Ce grand-père qui passait une partie de la journée à réfléchir sur les paris qu'il ferait à son prochain passage à l'hippodrome, était-ce bien le mien ? Et ces cousins qui venaient parfois jouer à la maison ? Et cet autre grand-père toujours bien vêtu qui venait nous rendre visite à l'occasion ?...

Même si je n'irai pas travailler aujourd'hui, j'ouvre un livre de Guillevic au hasard et je tombe sur ceci :

La maison d'en face
Et son mur de briques.

La maison de briques
Et son ventre froid.

La maison de briques
Où le rouge a froid.

Je ne l'ai pas inventé. C'est dans *Terraqué,* à la page trente-deux de l'édition de poche. Je vais me recoucher. Il y a là matière à rêver…

6

Ce matin, je me suis levé en retard, encore un peu grippé. Je suis parti à la course et j'ai raté le passage des enfants. J'ai dû prendre un taxi pour aller travailler, ce qui m'a coûté les yeux de la tête. Longue conversation avec un chauffeur d'origine haïtienne sur les deux dernières cuisantes défaites du Canadien. Cela m'a rappelé le temps où le hockey était une de mes passions. J'adorais autrefois regarder un match à la télé, mais je ne comprenais pas pourquoi on ne punissait pas plus sévèrement les bagarreurs. Il est vrai que je n'ai jamais été du côté des gros bras… Au moment où je suis venu pour payer mon taxi, je me suis rendu compte que je n'avais pas mon portefeuille. Le chauffeur s'est impatienté. J'ai dû emprunter de l'argent à Lucie, qui était très heureuse de me venir en aide.

J'avais à peine mis les pieds dans le musée que le jeune au sourire chinois m'abordait pour m'apprendre ce que j'avais déjà deviné, qu'il m'avait remplacé la veille dans les salles consacrées à Jean Paul Lemieux. Il était content de me voir déjà de retour. Il m'a glissé à l'oreille : « Lucie semblait encore plus peinée que moi de votre absence. Elle m'en a parlé à deux reprises. Je pense qu'elle a le béguin pour vous… » Et il est parti, sans doute fier de ce qu'il venait de dire.

Rendu au dîner, j'ai dû à nouveau emprunter quelques dollars à Lucie. Nous avons d'ailleurs mangé ensemble. Je l'ai surtout laissée parler, prenant pour excuse le mal de gorge et la grippe. Je suis sûr qu'elle a tout de même apprécié ma compagnie. À la fin du repas, elle m'a dit que nous devrions faire cela tous les midis. Et elle a ajouté : « Il y a si peu de gens agréables ici... Et je dois admettre que j'ai besoin de parler au moins quelques minutes au milieu de la journée. Quand je regarde autour de moi, je vois bien peu de personnes avec qui je pourrais avoir une conversation enrichissante... S'il vous faut un peu d'argent pour le reste de la journée, ne vous gênez pas, je suis là... »

Elle va peut-être finir pas m'amadouer, cette femme. Elle a souvent de belles intonations et une manière de poser des questions qui vous donne l'impression d'avoir une réponse intelligente à lui fournir. Elle comprendra un jour pourquoi je ne me sens pas capable actuellement de lui accorder toute l'attention qu'elle mérite. Quand je serai tout à fait certain qu'elle est apte à supporter mon récit, je lui ferai part de ce que j'ai vécu il y a quelques mois. Je devrais plutôt reformuler cette pensée de la manière suivante : quand je serai apte à raconter ce que j'ai vécu...

Durant l'après-midi, je me suis mis à tousser sans arrêt et je pensais que c'était tout à fait inconvenant dans une salle de musée. J'avais le sentiment de déranger tout le monde dans sa méditation. Je me suis trouvé ridicule en songeant que certains personnages de Lemieux pourraient se mettre à bouger tellement je faisais de bruit. J'ai décidé de me réfugier dans un coin, près d'un tableau intitulé *Les noces d'or*. Ces deux-là ne m'en voudraient sûrement pas. Je pourrais prendre place entre les deux personnages dans le tableau. Je serais leur fils. C'est à ça que je pensais tout en m'efforçant de contenir ma toux.

Je suis parti tellement vite ce matin que je n'ai évidemment pas eu le temps de fouiller dans mes livres de poésie pour y découvrir ma matière à rêverie quotidienne. Comme je l'ai déjà dit, les visiteurs peuvent occuper mes pensées. Je devrais plutôt dire les visiteuses. Au moment où je m'y attends le moins surgit dans la porte de la salle où je suis affecté une femme dans la jeune quarantaine qui sait bien qu'on a remarqué son élégance, mais qui fait comme si cela ne la préoccupait pas du tout. Ou une jeune femme aux vêtements excentriques qui semble n'être venue au musée que pour comparer son audace à celle des artistes exposés. Il y a aussi beaucoup de femmes d'un certain âge qui visitent le musée à trois ou à quatre. Elles discutent à voix basse, parfois s'assoient au milieu de la salle pour apprécier ce qui s'offre au regard. Certaines reviennent plusieurs fois, mais c'est rare.

Je me dis que quelques-unes d'entre elles pourraient être un jour mes amies. Mais pour l'instant, je ne suis pas encore prêt à vivre une relation intime. Je me contente de n'être qu'un voyeur. Je dois par contre admettre qu'il y a une vieille dame pour qui j'éprouve un sentiment particulier. Je lui ai même parlé à quelques reprises.

Je suis arrivé chez moi à la fin de la journée complètement épuisé. Je venais tout juste de me laisser tomber dans un fauteuil, lorsqu'on a sonné à la porte. On ne sonne pas souvent chez moi. Je dirais même que, depuis que j'habite ici, cela ne s'est pas produit plus de six ou sept fois. Quand cela arrive, il me faut quelques secondes pour réagir. Pour me décider à aller voir qui est là. Il y a des choses simples comme celle-là que je ne fais presque plus.

Quelle n'a pas été ma surprise, en ouvrant la porte, de voir sur le balcon cinq enfants, en fait cinq des jeunes que j'épie chaque matin. Il y avait Robert, Nicole, Martin, Ginette et Marcel. J'ai aperçu, au bas de l'escalier,

Antoine qui les attendait. Toujours aussi indépendant, celui-là.

Avec assurance, Nicole a pris la parole : « Vous avez perdu votre portefeuille dans la neige. On l'a trouvé ce midi... » Et elle m'a en effet tendu mon portefeuille, que j'ai reconnu tout de suite. Marcel a ajouté : « Êtes-vous content au moins qu'on l'ait retrouvé ?... » Il attendait sans doute une réaction positive de ma part, mais je n'arrivais pas à émettre un son.

J'ai alors réalisé que je n'avais pas parlé à des enfants depuis un bon moment et que je ne savais plus trop quels mots employer. J'ai dû avoir l'air complètement ridicule. Heureusement, Nicole a pris la parole pour expliquer dans le détail comment tout cela s'était produit : quelqu'un était tombé dans la neige parce qu'un autre l'avait poussé, les deux s'étaient bagarrés un peu et un troisième avait voulu s'en mêler, il avait aperçu tout à coup mon portefeuille à ses pieds, ils avaient été obligés de fouiller dedans pour trouver l'adresse du propriétaire mais ils n'avaient pas pris l'argent même si ça leur avait tenté, puis ils avaient surveillé mon arrivée... Elle racontait la chose comme si elle avait fait cela toute sa vie, avec le sourire en plus.

Je ne voyais toujours pas comment formuler des remerciements, j'ai fini pas balbutier tout de même quelques mots et je leur ai donné dix dollars. Puis j'en ai ajouté deux autres en pensant à Antoine qui attendait toujours au bas de l'escalier. « Vous irez faire un tour au restaurant vous acheter une collation... Douze dollars divisés par six, quelqu'un sait combien ça fait ?... » J'ai entendu deux bonnes réponses et cela m'a rassuré.

Ils sont tous repartis en lançant des « merci monsieur », sauf Nicole qui a ajouté : « Ça nous a fait bien plaisir de vous rendre service. » Quand ils ont été rendus au bas de l'escalier, j'en ai entendu un dire à Antoine : « Il y a deux dollars pour toi même si tu n'as pas voulu venir avec nous jusqu'en haut. Il est gentil le monsieur, mais il ne parle pas beaucoup... »

Dans une vie où il ne se passe presque plus rien, un petit fait comme celui-là acquiert une importance démesurée. Maintenant, quand je surveillerai les enfants chaque matin de la semaine, je pourrai entendre leurs voix. Je pourrai même faire exprès pour les rencontrer et ainsi leur parler. Ils n'auront sûrement pas peur de moi. Ils raconteront probablement la chose à leurs parents. Et j'aurai ainsi acquis une identité. Je serai devenu le monsieur qui a perdu récemment son portefeuille dans la neige et qui a récompensé les enfants qui le lui ont rapporté. Ce petit événement sera connu de tout le quartier. J'imagine déjà mon propriétaire s'exclamer: « C'est bien lui, ça, perdre son portefeuille. C'est son genre... Il oublie ses clés et perd son portefeuille... »

Quelques minutes plus tard, j'ai dû sortir pour aller chercher un litre de lait au coin de la rue. Je me suis rendu compte que les nouvelles se propagent rapidement dans le quartier.

Je n'avais pas encore refermé la porte du magasin derrière moi que le propriétaire me lançait: « Monsieur, vous avez été chanceux en maudit que les enfants retrouvent votre portefeuille... Par chance qu'ils sont honnêtes, les petits, sinon vous auriez eu des ennuis. Je pense aux cartes de crédit et au permis de conduire. La chose m'est arrivée il y a deux ans, c'est pas drôle du tout... »

Et là, j'ai bien été obligé d'entretenir la conversation durant quelques minutes. Je sais maintenant que plusieurs enfants du quartier vivent dans des familles monoparentales. L'épicier ne pouvait faire autrement que de me laisser entendre qu'il ne comprenait pas cela, que la situation était pour lui inadmissible. Parfois il me nommait un des enfants, mais comme il les connaît sous leur vrai nom, j'avais de la difficulté à le suivre. J'ai cru comprendre que Nicole s'appelait en fait Julie. J'ai appris par contre que Gabrielle était divorcée et qu'elle avait un garçon qui vivait avec son père à quelques maisons d'ici. J'ai cru deviner qu'il s'agissait d'Antoine, mais je n'en suis pas certain.

L'épicier a terminé sa réflexion sur le sujet en me confiant : « Si j'avais pu avoir un enfant, moi, je ne lui aurais jamais fait cela... C'est vrai qu'on ne sait jamais ce qui peut arriver... »

Comme j'avais l'impression d'avoir fourni mon effort de sociabilité pour aujourd'hui, je l'ai quitté en lui recommandant de se méfier de la grippe. Je ne sais pas s'il m'a entendu, il était déjà en train de parler avec un autre client.

7

Ce que je note dans ce cahier ressemble à un journal personnel. Si j'ai ressenti le besoin de commencer à écrire, c'est probablement parce que je parle très peu. Mais je me rends bien compte que, même lorsqu'on ne veut pas parler, il arrive qu'on soit poussé à le faire par les petits événements de la vie de tous les jours.

Ainsi, hier soir, on a encore sonné à ma porte. Comme j'écoutais de la musique, je n'ai pas entendu tout de suite la sonnette. Quand je suis allé ouvrir, Gabrielle était devant moi et elle m'a demandé : « Est-ce que je vous réveille ? J'ai sonné trois fois... »

Si j'avais été surpris par la visite des enfants il y a deux jours, je l'ai été encore plus par la sienne. Elle ne venait sûrement pas pour me dire qu'elle avait, elle aussi, trouvé un de mes objets personnels dans la neige. En fait, elle a utilisé le prétexte suivant : elle venait me dire que j'avais été bien gentil de récompenser les enfants, que son petit Antoine, qui se nomme en réalité Bruno, lui avait parlé de tout cela. Je n'avais pas à leur donner de l'argent...

Je l'ai naturellement invitée à entrer et à s'asseoir quelques instants. Puis, comme je venais de me faire du café, je lui en ai offert une tasse. Et au bout de quinze minutes elle était toujours là à me parler de Bruno qu'elle n'avait pas avec elle assez souvent à son goût, étant donné que c'était son ex-mari qui avait obtenu la garde de l'enfant. Cela l'avait profondément blessée, le juge ayant décidé qu'elle n'était pas assez sérieuse pour s'occuper de son enfant… Il est vrai qu'elle avait fait quelques extravagances dans le passé et qu'elle était probablement responsable de son divorce, mais ce n'était pas une raison pour priver une mère du plaisir de parler à son enfant tous les jours.

Heureusement, les choses s'étaient un peu arrangées puisque son ex-mari était venu demeurer dans la même rue qu'elle deux mois après le divorce. Elle pouvait ainsi voir Bruno plus souvent. Parfois elle se levait assez tôt pour le regarder passer le matin. Mais comme il lui arrivait souvent de se coucher tard à cause de son emploi dans un bar, elle n'était pas trop matinale…

Pendant qu'elle me racontait tout cela comme si nous avions été de vieilles connaissances, j'éprouvais pour cette femme un sentiment confus. Je la trouvais à la fois ridicule et touchante. Elle s'exprimait plutôt bien, comme si elle avait préparé son discours minutieusement avant de venir me voir. Elle faisait beaucoup de gestes en parlant, elle se passait sans cesse la main dans les cheveux. On sentait qu'elle avait pris le temps de se maquiller avec soin même si l'effet produit ne me paraissait pas très heureux.

Après avoir épuisé le chapitre sur ses relations avec son ex-mari, elle a enchaîné sur le vieil Henri, mon voisin. Elle m'a parlé de sa solitude, de sa femme disparue qu'elle avait bien connue. Nous en étions ainsi rendus à notre deuxième tasse de café. Je l'écoutais attentivement, mais sans trop l'encourager à continuer. Elle semblait lancée, comme quelqu'un qui n'a pas parlé depuis longtemps et qui éprouve soudainement le besoin de dire tout ce qu'il a gardé en lui pendant des semaines. J'ai appris ainsi que mon voisin avait été, durant plus de trente ans, bedeau à l'église de la paroisse. Et que sa femme avait tenu une boutique à deux rues d'ici.

Puis, sans trop savoir comment cela s'était produit, je me suis tout à coup rendu compte que nous en étions au chapitre sur le propriétaire qui se nomme Gérard. J'avais dû en manquer des bouts... Avant cela elle avait parlé d'un certain Bob... Gérard, lui, il était plombier de son métier. Il est retraité depuis trois ans. Il ne s'est jamais marié. Un homme qui ne parle pas beaucoup, mais qui gagne à être connu, paraît-il.

C'est à ce moment-là que je n'ai pu retenir un petit bâillement. Cela a eu un effet immédiat sur les propos de Gabrielle. « Je parle beaucoup, s'est-elle exclamée. Je vous ennuie sans doute avec tous mes bavardages. Mais j'ai souvent besoin de me confier à quelqu'un. J'étais seule dans la maison à tourner en rond, quand j'ai pensé à vous qui étiez probablement seul aussi... C'est Henri qui m'a parlé de vous et qui m'a dit que je pourrais peut-être vous rendre visite. Vous savez, Henri et Gérard aiment bien quand je vais les voir une fois de temps en temps... »

Elle en arrivait enfin, peu à peu, au but de sa démarche. Elle s'est levée, a fait le tour du salon en examinant les quelques objets que j'ai conservés. Elle s'est retournée brusquement vers moi et m'a dit : « Ça ne vous tente vraiment pas ?... Je ne demande pas beaucoup en retour... »

J'avais compris depuis quelques minutes ce qu'elle venait vraiment faire chez moi, mais comme cela s'était produit avec les enfants, je n'ai pas su quoi répondre. Et encore une fois, j'ai dû avoir l'air un peu bête.

Elle s'est retournée et je l'ai entendue me demander : « Vous n'aimez probablement pas les femmes un peu grosses... Il est vrai que les hommes préfèrent les femmes qui ont conservé leur taille de jeune fille. Henri et Gérard ne sont pas de ceux-là... »

Quand je dis que dans la vie on est parfois obligé de parler longuement même si cela ne nous tente pas, c'était là un bon exemple. J'ai dû en effet déployer beaucoup de tact pour faire comprendre à Gabrielle que je la trouvais sympathique et même attirante, mais qu'il y avait des jours comme ça où la sexualité n'était pas une urgence, où le corps éprouvait surtout le besoin de se reposer… J'ai fait allusion à cette mauvaise grippe que j'avais de la difficulté à soigner.

À mesure que je parlais, je comprenais que si je la ménageais à ce point, c'était que je commençais à ressentir pour elle un soupçon de désir et que je ne voulais pas la froisser. J'admettais au fond de moi-même que, dans quelques jours, je pourrais avoir envie de la revoir et de faire avec elle ce que je n'avais pas fait avec une femme depuis des mois. Peut-être l'a-t-elle compris elle aussi. C'est sans doute pour cela qu'elle m'a quitté en chantonnant : « Ce n'est qu'un au revoir, mon frère… » Elle a le sens de l'humour. C'est un bon point qui plaide en sa faveur.

Quelques secondes après son départ, j'ai eu envie de la faire revenir, mais la peur du ridicule m'a retenu. J'ai pensé également à Lucie et à ce qu'elle dirait si elle me voyait avec Gabrielle. Je me suis demandé si Gabrielle allait raconter cette visite à Henri, à Gérard ou à d'autres. J'ai aussi pensé à mes chères disparues que j'avais complètement oubliées depuis que cette femme avait sonné à ma porte.

Trop occupé à mettre cela par écrit, je n'ai pas vu les enfants passer ce matin. Je suis pourtant assis juste devant la fenêtre, je n'aurais eu qu'à lever la tête au bon moment. Il fait un soleil radieux et ils devaient être beaux dans leurs vêtements colorés. Quand je suis allé voir l'école, c'est cela qui m'a le plus frappé, la couleur des vêtements. Lorsque j'étais jeune, nous avions des vêtements moins gais. À cause de cela, l'enfance doit être différente. Quand je regarde les vieilles photos qu'il me reste de mon enfance, je trouve qu'elles ont un caractère bien sérieux. Il me semble que, jadis, nous avions l'air vieux trop rapidement.

Il me reste quelques minutes pour la poésie. J'ouvre au hasard un livre de Paul Éluard et je tombe sur ceci :

Tu es venue le vœu de vivre avait un corps
Il creusait la nuit lourde il caressait les ombres
Pour dissoudre leur boue et fondre leurs glaçons
Comme un œil qui voit clair

Je ne sais pas si Gabrielle apprécierait les choses dites de cette façon. Et Lucie ?... Il m'arrive souvent de penser que la poésie intimide les gens. Je veux dire ceux qui n'en lisent pas régulièrement.

8

Je viens d'apercevoir les enfants. Un petit bouquet de couleurs qui disparaît au coin de la rue. Un peu plus et je les manquais encore une fois. Je me suis levé avec quelques minutes de retard. La rue est calme. Aucun bruit d'auto, aucun passant.

Les maisons sont presque toutes en brique, mais de différentes couleurs. Cela ne fait pas un ensemble très agréable à regarder. C'est ce que je me suis dit les premiers jours, puis je me suis habitué. On en vient à s'habituer à tout, même aux choses les plus inacceptables. Plusieurs maisons ont des escaliers extérieurs. Ça ne doit pas être agréable pour le facteur, surtout quand il y a un peu de neige.

Quand je jette un coup d'œil vers la gauche, j'aperçois le clocher de l'église où j'ai été baptisé et où j'ai fait ma première communion. C'est une énorme église qui n'est sûrement pas pleine souvent de nos jours. En face il y a un parc. J'irai sans doute m'asseoir là pour lire dès que le temps plus doux le permettra.

Juste à côté de la maison de mon enfance, il y a le Salon de coiffure Nadine, unisexe. Mais depuis que j'habite ici je n'ai jamais vu quelqu'un entrer chez Nadine. Si je me souviens bien, autrefois, c'était un restaurant qui occupait les lieux. Un petit snack-bar. Avec un juke-box dont on entendait la musique jusque sur le trottoir. Je faisais des courses sur mon tricycle au son des succès de l'époque.

Devant la maison de Gabrielle, une auto sport bleue est stationnée. Ce n'est pas le genre de voiture qu'on voit habituellement dans notre rue. Personne ne pourrait ici se payer un tel véhicule. C'est peut-être un de ses amis ou le propriétaire du bar où elle travaille qui est venu lui rendre visite. Elle a parlé, l'autre soir, de Bob qui venait la reconduire chez elle lorsqu'elle finissait de travailler trop tard. Quand je l'ai entendue prononcer ce nom, je me suis aperçu que je l'écoutais plus ou moins, mais j'ai cru comprendre qu'il s'agissait du patron. Un homme dans la jeune cinquantaine, très riche.

Elle semblait avoir plus de respect pour lui que pour son ex-mari. Elle a ajouté que c'était un type qui était parti de rien et qui avait fait son chemin dans la vie. Elle a dit aussi : « Lui, j'imagine qu'il ne frapperait jamais une femme… » Je n'ai pas posé de questions pour en savoir plus. Comme je l'ai déjà écrit, j'avais l'impression à ce moment-là qu'elle aurait pu me parler toute la nuit. On aurait dit une personne privée de la parole depuis trop longtemps. Pourtant, si elle travaille dans un bar, elle doit rencontrer beaucoup de gens qui ont envie de parler. Des âmes solitaires qui s'ennuient. Je dis cela, mais je ne fréquente jamais ce genre d'endroit. Je ne supporte pas la fumée.

Comme je connais relativement peu les habitants de mon quartier, je suis continuellement en train de faire des hypothèses sur ce qu'ils vivent. J'invente des choses qui ne correspondent peut-être pas à la réalité. Quand je découvrirai qui ils sont vraiment, je serai peut-être très surpris. Et ma vie à moi aussi est devenue plutôt hypothétique. C'est comme si j'avais perdu la capacité de prévoir, la possibilité de planifier. Ma vie se vit au jour le jour et je n'en demande pas plus pour le moment. Certains soirs, lorsque je suis seul dans la maison, j'écoute le tic tac de ma vieille horloge, un des rares objets que j'ai conservés de mon ancienne vie. Je suis alors surpris d'être encore vivant. Je me dis que ma vie s'arrêtera peut-être en même temps que cette horloge, cadeau reçu de mes parents il y a bien longtemps.

C'est après la mort de mon père que j'ai réalisé que la vie était en quelque sorte un petit miracle qui se reproduisait chaque seconde. J'ai compris que je mourrais, moi aussi, un jour. Quand j'ai vu son corps étendu dans le cercueil et tous ces gens qui venaient m'offrir leurs condoléances, j'ai su que j'étais le suivant de la lignée qui allait disparaître. Il y avait là des personnes qui n'avaient pas vu mon père depuis huit ou dix ans et qui étaient venues pour lui rendre un dernier hommage. Je me suis même dit que je devrais m'y préparer, que je devrais apprivoiser la mort. J'ai pensé soudain à la pièce *Le roi se meurt*, d'Ionesco. Peut-on vraiment se préparer à sa mort ?

Une chose est certaine, quand les deux femmes de ma vie sont mortes de façon absurde et violente, je n'étais pas prêt du tout. J'ai reçu le coup de plein fouet. J'ai été jeté par terre et je me suis retrouvé étendu au sol avec de la boue plein la bouche. Et en essayant de me relever, je me suis aperçu que mes membres ne m'obéissaient plus et que j'avais perdu le désir de continuer. J'avais perdu pied. J'avais perdu âme.

La rue est calme comme elle ne l'a jamais été. Depuis que je suis là, devant la fenêtre à remplir mon cahier, pas un passant, pas une voiture. Peut-être que notre rue, en réalité, n'existe plus, qu'elle a été abandonnée de tous ou qu'on fait un détour pour ne pas l'emprunter. Et que, moi, je suis mort sans m'en rendre compte.

Dans *Plain-chant*, Jean Cocteau écrit :

Je n'aime pas dormir quand ta figure habite,
La nuit contre mon cou ;
Car je pense à la mort laquelle vient trop vite
Nous endormir beaucoup.

Je pars travailler. Je vais bien voir si je suis encore vivant ou si je suis endormi très profondément. Le regard de Lucie me donnera sûrement la réponse à cette question…

9

Le jour où l'événement tragique est survenu, j'avais une grosse journée devant moi. Deux rendez-vous importants et un congédiement. Je m'étais levé encore plus tôt que d'habitude. J'avais pris mon petit-déjeuner en feuilletant le journal. Je me souviens de tout : les manchettes dans le quotidien, mon complet bleu marine, les rôties qui étaient trop grillées, l'auto du voisin en panne, le soleil qui inondait la salle à manger…

Je ne m'étais jamais habitué à congédier des gens. J'espérais toujours ne plus jamais avoir à le faire. J'étais le patron d'une petite entreprise où tous les employés se connaissaient. Je m'efforçais de bien choisir mon personnel pour ne pas avoir à le remercier au bout de quelques mois. Mais dans ce cas-là, je ne pouvais plus attendre. L'homme était plutôt sympathique ; cependant il ne faisait pas l'affaire du tout. Il n'était pas doué pour ce genre de travail. Je m'étais trompé en lui donnant ce poste et je me sentais responsable de cette erreur. Mais tout le monde sait qu'il est facile de se tromper au cours d'une entrevue. C'est ce que je me répétais en me rendant au travail. Je savais qu'il était marié et qu'il avait un jeune enfant. Il montrait sa photo à tout le monde. Une petite fille de trois ans. J'avais cru comprendre que sa compagne avait un emploi dans le domaine de l'immobilier. Cela atténuait un peu le sentiment de culpabilité que je sentais poindre en me rendant au bureau.

Odile et Michelle étaient encore couchées quand j'avais quitté la maison. Je ne pouvais imaginer à ce moment-là comment se terminerait la journée. J'ai l'impression qu'on devrait s'habituer à vivre en appréhendant toujours le pire. Comme cela, on serait peut-être moins bouleversé devant les catastrophes. Odile et Michelle aimaient bien se lever tard le lundi matin, comme pour retarder un peu le début de la semaine. Ce jour-là, l'une n'avait pas de cours au cégep avant onze heures, l'autre s'était organisée pour aller travailler seulement en début d'après-midi.

De mon côté, j'avais un fonctionnement complètement différent. Plus j'étais tôt au bureau, plus la journée me paraissait réussie. Parfois, je regardais par la fenêtre mes employés arriver. À leur démarche, je m'amusais à prédire qui aurait une bonne journée et qui se découragerait au moindre effort. Mais encore là, je me trompais parfois. Pourtant, je n'étais pas censé me tromper. Ils comptaient sur moi. En principe, nous étions là pour fabriquer des fenêtres qui permettraient aux gens du monde entier de voir ce qui se passait à l'extérieur de leur maison.

Je m'étais retrouvé à ce poste à cause de mon père. Lui aussi comptait sur moi. Il m'arrivait de me dire qu'une fenêtre était un lieu de rêverie. Je pensais à toutes ces personnes qui rêveraient éventuellement en regardant par les fenêtres que nous fabriquions. Je devais sûrement être le seul fabriquant de fenêtres du monde ayant de telles préoccupations !

Je trouve fascinante la façon avec laquelle je parviens à parler de tout sauf de l'essentiel. De l'inacceptable. Je viens de me relire et je sais parfaitement qu'il me sera encore impossible aujourd'hui de revivre tout cela jusqu'au bout. Je bifurque, je gagne du temps. Comme me disait parfois un de mes professeurs de français : « Tu t'éloignes du sujet, tu ne sais pas faire face... » J'y arriverai un jour à force de ruses et de détours. Pour l'instant, je louvoie. Je vis de mes petites lâchetés.

Et je porte mon attention sur autre chose, par exemple sur cette vieille dame qui vient au musée trois fois par semaine. À chaque occasion, elle me pose une question. Cela ne me dérange pas du tout. Comme je connais assez bien les œuvres de Jean Paul Lemieux, cela me fait même plaisir. Lucie a remarqué la chose et elle a fini par me demander : « Vous la connaissez, cette dame ?... » Lucie dit toujours vous. Cela est assez étrange dans un monde où le vouvoiement n'existe presque plus, et ça fait partie de son charme.

La vieille dame marche très lentement en s'appuyant sur une canne. Elle porte toujours le même manteau noir. Elle fait habituellement le tour de l'exposition, puis elle me cherche des yeux. Maintenant que je connais sa façon de procéder, je m'arrange pour me trouver près d'elle lorsqu'elle a fini son parcours. Elle me sourit et me pose une question sur un tableau en particulier. Ou, parfois, c'est un commentaire qui appelle une réponse. L'exposition a débuté il y a plus de trois semaines. Donc elle a dû venir au musée au moins une dizaine de fois.

Hier elle m'a dit en souriant : « Vous savez, j'étais l'amie de la femme de Jean Paul Lemieux. Une femme d'une grande bonté... » Puis elle a ajouté : « Je crois finalement que mon tableau préféré, c'est *L'orpheline*, qui date de 1956. Mais dans deux jours, j'en choisirai peut-être un autre... Ne faites pas attention à ce que je dis... »

Cette fois, je ne suis pas resté bouche bée comme avec Gabrielle ou les enfants. Je lui ai répondu immédiatement : « Au contraire, je prête une oreille attentive à tout ce que vous me dites... » Et j'ai senti tout de suite que je lui avais procuré un grand plaisir. Elle s'est éloignée encore plus lentement que d'habitude. Avant de quitter la salle, elle s'est retournée pour me sourire. Elle m'a fait un signe de la main. Je l'ai surveillée, croyant qu'elle se retournerait une seconde fois. Mais non.

Depuis que je travaille au musée, c'est la visiteuse avec laquelle j'ai entretenu le rapport le plus cordial. Je me demande ce qui se produira lorsque l'exposition Lemieux sera terminée. Je regarde peu la télévision, mais je suis tombé l'autre jour sur un documentaire belge qui portait justement sur les employés des musées. Le titre : *Les gardiens du silence*. Je l'ai regardé avec grand intérêt. Comme par hasard, Lucie l'avait vu également.

Et voilà les enfants qui arrivent. Aujourd'hui, ils sont seulement cinq. J'ai peut-être manqué les deux autres. Ou ils sont malades. Peut-être en retard. Je me place bien en vue dans la fenêtre. Si l'un d'eux me regarde, je lui envoie la main. Ils se bousculent un peu. Bruno se retrouve par terre. Pour une fois, il n'a pas eu le dessus. Les autres se sauvent, fiers de leur victoire. En se relevant, Bruno m'aperçoit et, avant même que j'aie le temps de faire un geste, il m'envoie la main à plusieurs reprises. Il semble content de son coup. Quand je lui fais signe, il s'arrête et me salue de nouveau. Je me retire de la fenêtre pour ne pas le retarder. Je peux tout de même remarquer qu'il part en courant, sans doute pour aller dire à ses amis qu'il m'a vu.

Je ne peux faire autrement que de penser encore à Saint-Denys Garneau et à son poème intitulé *Le jeu* sur lequel Odile devait faire un travail dans le cadre de son cours de français. Nous l'avions lu ensemble plusieurs fois, assis côte à côte sur le canapé du salon. Je me sentais tellement bien près d'elle que je faisais semblant de ne pas avoir compris le texte pour me donner encore la chance de le relire en sa compagnie. J'émettais peu de commentaires, lui laissant le plaisir de découvrir le poème à sa façon. À la fin, nous le savions par cœur. Je me demande si elle n'avait pas vraiment réalisé, à ce moment-là, le plaisir qu'il y avait dans la lecture...

Récemment, j'ai entendu quelqu'un dire à la radio que la poésie l'avait aidé à oublier les moments de grande souffrance. Je pense qu'elle peut également accompagner les instants de bonheur...

Joie de jouer ! paradis des libertés !
Et surtout n'allez pas mettre un pied dans la chambre
On ne sait jamais ce qui peut être dans ce coin
Et si vous n'allez pas écraser la plus chère des fleurs invisibles

En mettant de l'ordre dans les affaires d'Odile, je me suis aperçu qu'elle n'avait pas eu le temps de terminer son analyse. Mais elle avait pris des notes qui lui auraient permis de faire un excellent travail. Odile travaillait d'ailleurs toujours bien. Elle était très ordonnée. Et elle terminait habituellement ce qu'elle avait entrepris. Comme Michelle d'ailleurs.

Odile voulait devenir avocate même si je lui faisais remarquer qu'il n'était pas facile de se tailler une place dans cette profession. Elle me parlait d'un de ses amis qui avait le même but qu'elle et dont le père était avocat. Elle le trouvait bien chanceux, puisqu'il pourrait travailler aux côtés de son père, dans le même bureau, à la fin de ses études universitaires. J'ai été triste pendant quelques jours à la pensée que cela ne pourrait probablement jamais nous arriver, à elle et à moi. Sauf si elle décidait un jour de s'intéresser à la fabrication des fenêtres...

Odile s'imaginait déjà se portant à la défense de tous les opprimés de la Terre. Elle ne comprenait pas comment on pouvait vivre sereinement malgré toutes les injustices commises autour de nous. Elle était tout particulièrement révoltée par la violence, par exemple celle de la police ou encore les agressions dans le métro. Elle était bouleversée devant l'écart énorme qu'il y avait entre les riches et les pauvres. Elle se sentait même un peu coupable de faire partie de la classe favorisée de la société. Elle avait cette naïveté que nous ne devrions jamais perdre.

Odile écrivait des articles dans le journal de son collège pour dénoncer tout ce qui lui semblait des situations inacceptables. Ainsi, lorsque la direction avait décidé de couper le poste d'une infirmière qui se dévouait depuis plusieurs années pour les élèves, elle avait fait signer une pétition pour protester, allant même jusqu'à organiser une manifestation au cours d'une réunion du conseil d'administration. La semaine suivante, on pouvait la voir photographiée dans le journal local, au premier rang des manifestants, pancarte à la main. Mais elle n'a pas eu le temps de voir l'effet produit par tout cela.

La semaine dernière, j'ai téléphoné au collège. Après quelques minutes d'attente, j'ai pu enfin parler à l'infirmière en question. Elle était débordée de travail. Elle m'a confirmé que son poste ne serait pas coupé, du moins pour l'instant. Avant de me quitter, elle m'a dit qu'il lui arrivait de penser à Odile et à ce qu'elle avait fait pour elle. Il y a eu un long silence, car nous ne pouvions plus parler ni l'un ni l'autre. C'est moi qui ai raccroché le premier.

10

Aujourd'hui c'est dimanche. Il a fait beau toute la journée. Je suis sorti en après-midi pour aller marcher dans le quartier.

Je ne peux faire autrement, en arrivant à un coin de rue, que revoir des scènes de mon enfance. Je les revois parfois avec une telle précision que je me demande même si mon imagination ne me joue pas de mauvais tours. J'ai lu récemment, sous la plume d'une auteure reconnue, qu'une personne vivant dans la solitude risquait de glisser du côté de la folie. C'est peut-être ce qui finira par m'arriver…

En marchant dans la rue voisine, je me suis souvenu tout à coup de ce jour de mars où j'étais revenu à la maison trempé après être tombé dans une flaque d'eau. Un enseignant de mon école, passant par là et voyant dans quel état je me trouvais, m'avait même fait monter dans sa voiture pour venir me reconduire à la maison. Je m'étais retrouvé étendu dans une flaque d'eau à la suite d'une petite bagarre. Je n'avais pas su me défendre, et mon adversaire avait rapidement pris le dessus. Ce qui lui avait permis de me narguer plusieurs fois les jours suivants. Je revivais tout cela aujourd'hui de façon tellement nette que j'avais l'impression que la chose s'était produite la veille. J'entendais encore distinctement la voix de mon agresseur. Et les rires de mes camarades de classe. Et les cris de ma mère en me voyant arriver à la maison dans un tel état. Moi, un enfant habituellement si docile.

Quand je suis passé devant la pâtisserie, d'autres scènes me sont revenues à l'esprit. Cette pâtisserie existait depuis plus de quarante ans. Elle était aussi vieille que moi J'y allais fréquemment avec ma mère pour acheter une douzaine de beignes au chocolat ou à l'érable. Parfois aussi avec mon grand-père, celui qui m'aimait plus que tous les autres autour de lui. Et qui ne savait plus quoi inventer pour me faire plaisir.

Après une heure de marche, je me suis rendu compte que j'étais tout près de la maison des parents de Michelle. Depuis l'été dernier, je les ai vus très peu souvent. Je n'ai pas la force d'aller les rencontrer. J'ai l'impression qu'ils me regardent avec compassion, mais à la fois avec les yeux de juges qui se demandent si la victime qu'ils ont devant eux n'est pas aussi un peu coupable.

Quand la mère de Michelle est venue m'ouvrir, elle semblait surprise de me voir, mais j'ai senti en même temps qu'elle était contente. Elle souriait lorsque je me suis penché vers elle pour l'embrasser. « Mon mari est sorti pour quelques minutes. Il est allé chez le voisin lui emprunter un livre… J'espère que je ne vous ai pas trop fait attendre, j'étais assise dans la cuisine… Je pense que je rêvais éveillée… »

La mère de Michelle se prénomme Berthe. Elle n'a jamais aimé cela. Elle aurait préféré quelque chose de plus romantique. Elle a même un jour pensé faire changer son prénom, puis finalement y a renoncé. Michelle a déjà insisté pour savoir comment elle aimerait qu'on l'appelle. Elle n'a jamais réussi à obtenir de réponse précise de sorte que Berthe a toujours gardé son prénom.

Je n'étais pas assis qu'elle me demandait déjà ce que je voulais boire et si je désirais manger quelque chose. Berthe est comme ça. Quand on lui rend visite, elle est toujours inquiète pour notre estomac. J'ai accepté de prendre un café et cela l'a rassurée. Elle a sorti un gâteau qu'elle avait fait la veille. Dix minutes plus tard, je me retrouvais devant une tasse de bon café et un énorme morceau de gâteau au chocolat. Elle souriait en me regardant manger. J'ai pensé alors que j'avais au moins rendu une personne heureuse aujourd'hui. Peut-être que toutes les vieilles femmes sont comme Berthe. Prêtes à tout donner quand on leur rend visite.

J'en étais à ma deuxième bouchée, lorsque Gérard est revenu de chez le voisin un livre à la main. « Ce n'est pas pour moi », s'est-il empressé de dire, comme pour se dégager de toute responsabilité. Il venait de déposer sur la table un énorme roman, plusieurs heures de lecture. Car même si ce n'était pas pour lui, je savais bien que c'était lui qui en ferait la lecture à haute voix. Berthe ne pouvait plus lire depuis environ deux ans. Quand elle essayait, cela ne durait pas plus de cinq minutes, et sa vue se brouillait à cause de l'effort qu'elle devait faire. Elle refusait d'envisager une opération dont on ne pouvait de toute façon lui garantir la réussite.

Depuis quelques mois, Gérard, a accepté de lui faire la lecture à haute voix. Une heure par jour. Avant, Michelle et Odile s'en chargeaient. Elles venaient voir Berthe quelques fois par semaine et lui lisaient un chapitre ou deux. Cela se faisait habituellement en fin d'après-midi. Parfois, Odile restait à souper avec eux. Elle ne pouvait leur faire un plus beau cadeau.

Au début, Berthe se sentait humiliée, mais son amour de la lecture lui a vite fait oublier sa honte. Auparavant, elle lisait au moins une centaine de romans par année. Elle était surtout intéressée par la littérature populaire, mais Michelle et Odile ont réussi à modifier tout de même un peu ses goûts. Elles lui ont fait lire Jacques Poulin et Marie Cardinal. Berthe aimait les gros livres. Elle adorait se réfugier dans une histoire pendant trois ou quatre jours. Après, elle racontait tout à Michelle jusque dans les moindres détails, sans doute un peu malheureuse de voir que son interlocutrice ne partageait pas vraiment ses goûts littéraires.

Pendant que Gérard venait s'asseoir avec nous, j'ai remarqué les boîtes de médicaments sur le buffet de la salle à manger. Au moins une dizaine. C'est là un de leurs sujets de dispute. Quand il en a assez de voir toutes ces bouteilles et ces pots devant lui, Gérard fait le ménage et en jette la moitié, ce qui fait hurler Berthe. Lui, il ne croit pas beaucoup aux médicaments. Il n'en prend à peu près jamais. Elle, c'est le contraire. Son cousin médecin lui procure d'ailleurs tout ce qu'elle désire. C'est une lutte à finir entre les deux. Je n'ai pu faire autrement que de penser que si nous avions vieilli ensemble, Michelle et moi, nous aurions sans doute eu des sujets de discorde de ce type.

Juste derrière les médicaments, j'ai remarqué aussi la photo de Michelle, puis un peu plus loin celle d'Odile, toujours à leur place. Je me suis demandé comment ils faisaient pour avoir ces photos sous les yeux toute la journée. Berthe a vu ce que je regardais. « J'ai encore autant de médicaments, comme vous voyez... De temps à autre, Gérard fait le ménage, mais je lui tiens tête. Libre à lui s'il veut endurer son mal, moi j'aime mieux me droguer un peu plutôt que souffrir... »

Gérard n'a pas répondu, préférant faire glisser la conversation sur moi. Il s'est de nouveau informé de mon travail. Je pense qu'il n'en revient pas encore que j'aie vendu ma compagnie et la maison que nous habitions pour me retrouver dans un petit logement très vieux. Une fois il est venu me rendre visite et j'ai vu qu'il désapprouvait mon choix. Je me souviens de sa remarque : « Vous allez trouver cela bien différent. » Il n'en revient pas non plus que je sois devenu un employé du musée. Il sait bien que j'ai tout l'argent qu'il me faut, et je sens qu'il ne comprend pas mon attitude.

Il a fini pas me poser la question qui lui brûlait sans doute les lèvres depuis mon arrivée : « Vous ne vous êtes toujours pas acheté une nouvelle voiture ?... » J'ai vu Berthe lui jeter un regard de reproche. Après un petit silence, je lui ai répété que je ne conduirais jamais plus une automobile. J'ai même vanté l'efficacité des transports en commun, ajoutant qu'il y avait aussi les taxis si cela était vraiment nécessaire. Ils savaient bien tous les deux que je me défilais encore une fois, mais ils ont réagi comme si ma réponse allait de soi. Gérard a même fait un effort louable en disant : « Évidemment, si tout le monde pensait comme vous, il y aurait moins de pollution... »

Gérard est comme ça. Quand il a une question en tête, il peut la poser à dix ou quinze reprises. Même si vous lui faites toujours la même réponse, il revient à la charge chaque fois qu'il vous rencontre. Depuis la mort de Michelle et d'Odile, il m'a bien demandé au moins cinq fois si j'allais m'acheter une nouvelle voiture. Et je sais fort bien qu'il reviendra à la charge à notre prochaine rencontre. Il n'est pas méchant, Gérard, mais il est comme ça. Combien de fois ne nous a-t-il pas demandé durant les premières années de notre mariage, à moi et à Michelle, si nous allions nous décider à faire un enfant.

Après mon départ, je suis persuadé que Berthe a dû lui reprocher cette fameuse question au sujet de l'automobile. Que lui a-t-il répondu ? Que pense-t-il vraiment de tout cela, de ce qui nous est arrivé ?...

À un moment, le chat noir qu'ils ont baptisé Papi est venu me frôler. Berthe l'a chassé, se rappelant que j'étais allergique aux animaux à poil et que je me mettrais à me moucher dans quelques minutes si elle ne l'éloignait pas de moi. Odile avait toujours voulu avoir un chat à la maison, mais ce n'était pas possible à cause de moi. Et je crois que cela faisait l'affaire de Michelle, même si elle ne le disait pas. Elle n'aurait pas apprécié, elle non plus, d'avoir un animal domestique. J'en suis persuadé.

Au moment où j'écris ces lignes, je me rends compte que je suis maintenant capable de parler de toutes sortes de choses banales à propos de notre vie passée. Cela me rassure et me fait peur en même temps. Je retrouverai peut-être de cette façon la sérénité. En oubliant l'essentiel… En me concentrant sur les détails de la vie quotidienne…

J'ai quitté Berthe et Gérard vers seize heures après avoir refusé poliment leur invitation à souper. J'étais dans cette maison depuis une heure. Malgré toute leur gentillesse, je ne pouvais plus endurer leur présence tant elle me rappelait la vie que je n'ai plus. Je leur ai promis de revenir les voir bientôt. J'ai même dit à Berthe que je pourrais, au cours d'une prochaine visite, lui faire une petite heure de lecture. Son sourire m'a permis de comprendre que je lui procurerais alors un immense plaisir. Elle m'a dit : « Vous choisirez vous-même le roman… Si vous pouviez venir en fin d'après-midi, c'est le moment que je préfère pour la lecture… Je trouve les fins d'après-midi tout particulièrement lourdes. La lecture m'aide à me rendre jusqu'à l'heure du souper… »

En revenant à la maison, j'ai croisé Gabrielle, que je n'avais pas vue depuis plusieurs jours. Elle était vêtue encore une fois de façon excentrique. Elle se rendait à l'épicerie du coin habillée comme quelqu'un qui a été invité à un bal costumé. J'exagère un peu, mais à peine. Elle m'a salué, et j'ai senti un soupçon de gêne dans son regard. Elle regrettait peut-être d'être venue se confier et me faire des avances. Si elle me rendait visite ce soir, je ne peux dire comment je réagirais. Après quelques secondes d'hésitation, elle m'a fait remarquer qu'elle se proposait de me surprendre un jour à mon travail, elle qui n'était jamais entrée dans un musée de sa vie. Je me suis retenu pour ne pas sourire, car j'imaginais la tête de mes collègues en voyant cette *amie* à moi arriver au musée. Lucie ne me le pardonnerait peut-être jamais.

Au moment où Gabrielle s'éloignait, une voiture est passée près de nous en klaxonnant. Gabrielle semblait savoir de qui il s'agissait. Elle a éclaté de rire, sans doute fière d'avoir provoqué tout ce bruit.

J'allais prendre l'escalier qui mène chez moi et j'ai vu mon propriétaire dans la fenêtre, qui me regardait. Je lui ai souri et il m'a fait signe de la main. Il commence peut-être à s'habituer à ma présence. S'il savait qu'avec tout l'argent que j'ai je pourrais acheter sa maison et même celle de deux ou trois voisins, il me trouverait complètement fou d'habiter un de ses petits logements d'en haut. C'est lui qui doit avoir dit à Gabrielle que je travaille au musée. Il se nomme Gérard, comme mon beau-père. Il lui ressemble d'ailleurs un peu.

11

Je me suis réveillé en sursaut. Un mauvais rêve. La porte de ma chambre s'ouvrait brusquement. Odile était là qui me regardait, des reproches dans les yeux. Je lui disais que ce n'était pas de ma faute, que je ne l'avais pas fait exprès. Elle traversait la pièce en courant, puis regardait par la fenêtre. Après s'être dirigée très lentement vers la porte, elle la refermait derrière elle en riant aux éclats. Je n'arrive pas à me souvenir si j'étais seul dans le lit ou avec une autre femme.

Un jour Odile nous a surpris, Michelle et moi, en train de faire l'amour. Il était sept heures et nous étions persuadés qu'elle dormait encore. La porte s'est tout à coup ouverte, comme dans mon cauchemar de ce matin, et elle nous a vus. Elle a souri, puis est venue se bagarrer avec nous dans le lit.

Cela a dû arriver à presque tous les couples qui ont des enfants. Pendant les semaines suivantes, nous n'en finissions pas de prendre des précautions, de vérifier si Odile dormait vraiment. Le moindre bruit dans la maison nous arrêtait dans nos ébats. Cela nous gâchait notre plaisir. Je me demande si je ne lui en ai pas voulu un peu de ce bouleversement de notre vie de couple.

C'était à l'époque où Michelle désirait avoir un deuxième enfant. Cela a duré environ six mois. Comme elle ne tombait pas enceinte, elle s'inquiétait. La nervosité s'emparait d'elle. Il lui arrivait même de parler de façon précipitée ou de se mettre à crier, ce qu'elle ne faisait jamais avant.

Puis un matin, elle m'a confié qu'elle y renonçait. Elle se trouvait tout à coup trop vieille pour donner de nouveau la vie. Pourtant, elle n'était qu'au début de la trentaine. « Je viens de me rendre compte que j'ai trop de choses à faire, dit-elle. Je n'aurai pas assez de temps à consacrer à un nouveau bébé. J'aurai sans doute bientôt une promotion. On m'en a parlé il y a deux jours. J'ai accepté... Odile sera notre seul enfant, comme moi je l'ai été pour mes parents. Le résultat n'est pas si mauvais, après tout... »

Au fond, je crois qu'elle aurait aimé que je lui dise de façon claire ce que je pensais de tout cela. Mais je n'y arrivais pas. Donner la vie a toujours été pour moi une chose tellement importante que je me sentais incapable de décider. Si elle n'avait pas émis le désir d'avoir un premier enfant, je n'aurais jamais trouvé le courage de lui en parler. Dans ce domaine, c'était pour moi l'indécision totale. Chaque fois que je pensais à la procréation, j'avais l'impression de me retrouver devant une balance munie de deux plateaux de poids égal. Je crois que j'aurais pu passer des jours à peser le pour et le contre sans jamais parvenir à trancher. J'ai toujours été sûr qu'il s'agissait là du geste le plus important qu'une personne peut accomplir dans sa vie. Je sais aussi maintenant que tout ce que j'ai entrepris depuis que je suis au monde n'est absolument rien à côté du fait d'avoir eu un enfant. Elle a été mon seul et unique chef-d'œuvre. Et j'ai été assez bête pour le détruire au moment où il allait s'épanouir totalement.

C'est à cela que je pense parfois quand je vois les enfants passer le matin pour se rendre à l'école. Je m'inquiète pour eux. J'aurais envie d'aller leur demander s'ils ont tout ce qu'il leur faut, s'ils ont bien mangé ces derniers jours, si leurs parents les aiment comme ils le désirent, si leurs professeurs sont gentils avec eux. J'aurais envie d'aller demander à Bruno s'il préfère demeurer chez son père ou chez Gabrielle. Après cela, je ferais des démarches pour que son souhait soit respecté. Je donnerais même des conférences sur le bonheur des enfants, sur leurs droits fondamentaux. Je dénoncerais tous ceux qui les maltraitent ou qui ne font pas tout ce qui est en leur pouvoir pour les rendre heureux. Je deviendrais un chevalier de la défense des droits de l'enfant Je serais aimé de tous les enfants de la terre

J'imagine Michelle et Odile, assises quelque part, dans un autre monde, en train de me regarder écrire de telles choses... J'imagine leurs sourires de tendresse à mon égard... Au fond, je peux vraiment tout imaginer puisque tout s'est écroulé. À moi de reconstruire sur de nouvelles bases. Celles de la réalité ou celles du rêve. Peu importe, cela n'a aucune valeur, presque plus rien n'existe. J'ai le sentiment d'avoir vécu le plus énorme des tremblements de terre. Toutes les certitudes de ma vie se sont fissurées. Il ne reste qu'à les regarder s'effondrer. Et moi avec elles.

Dans les semaines qui ont suivi la mort de Michelle et d'Odile, il m'arrivait souvent de perdre pied comme je viens de le faire pendant quelques instants. Maintenant je m'en rends compte, alors qu'à ce moment-là je glissais dans le découragement sans m'apercevoir où j'en étais. Maintenant je suis plus lucide. Est-ce un progrès ?...

Lorsque je me suis retrouvé étendu dans un lit à l'hôpital, la jambe gauche dans le plâtre et le visage tuméfié, j'ai pensé que je m'en étais tout de même pas si mal tiré. En apprenant le sort de mes deux passagères, j'ai dû admettre qu'il aurait été préférable que je disparaisse moi aussi.

C'est Gérard qui s'est occupé de tout avec un de ses frères un peu plus jeune que lui. Pendant trois semaines, je ne suis pas arrivé à dire un mot. Chaque fois que j'ouvrais la bouche pour parler, j'avais l'impression que j'allais être foudroyé sur-le-champ si je prononçais une seule parole. Les gens me tendaient la main, disaient des phrases qui se voulaient consolantes. Je me souviens du salon mortuaire et de la cérémonie religieuse. Je m'efforçais de ne pas écouter ce que le prêtre racontait à propos de la bonté de Dieu, sachant que cela ne pourrait que me blesser encore plus. Je me souviens de ce fauteuil roulant dans lequel je me déplaçais si péniblement. Je revois tous ces gens autour de moi. J'entends les cloches qui sonnaient au sortir de l'église. Je sais que beaucoup de personnes se pressaient près des deux tombes. Le soleil me blessait les yeux. Une injustice de plus, me disais-je. Le prêtre a murmuré des prières devant la fosse. Je revois surtout le regard de Berthe et de Gérard terrassés parce qu'ils venaient de perdre leur bonheur.

J'aurais aimé que tout cela se déroule avec plus de discrétion. Michelle m'avait déjà laissé entendre qu'elle désirait être incinérée après sa mort. Je lui avais répondu que j'aimerais qu'il en soit de même pour moi. Mais je n'avais pas la force de l'exiger. Plus tard, j'ai pu tout de même dire à Gérard qu'il avait fait pour le mieux, que je ne l'oublierais jamais.

Quand on m'a enlevé mon plâtre, tout était décidé. J'avais retrouvé la parole et une certaine lucidité. Je vendais la maison. Je vendais l'entreprise que m'avait léguée mon père. Les gens continueraient bien à rêver devant leurs fenêtres même si elles étaient fabriquées par ceux pour qui la rêverie était peut-être la dernière des préoccupations. Gérard, à qui j'ai parlé de cela, a bien essayé de me convaincre d'attendre un peu, de ne pas agir de façon impulsive. Mais il a compris que ma décision était prise.

Tout cela s'est fait avec une rapidité presque miraculeuse. Un concurrent n'attendait que cette décision de ma part pour s'accaparer la plus grosse part du marché. Il m'avait d'ailleurs déjà fait une offre d'achat dans les mois précédents. Pour ce qui est de la maison, la chose a été aussi facile. Malgré la mauvaise période que nous traversions sur le plan économique, l'agent immobilier qui s'en occupait a trouvé preneur après seulement deux semaines. Il n'en revenait pas, tout heureux de la commission appréciable qu'il venait d'encaisser.

Je me retrouvais seul. Et c'est là que l'idée de venir habiter la rue de mon enfance m'a traversé l'esprit. Je me déplaçais encore à l'aide d'une canne lorsque j'ai visité le quartier pour la première fois. Je ne pouvais pas marcher sur les trottoirs d'automne déjà un peu glissants. Je me souviens de la surprise du chauffeur de taxi lorsque je lui ai demandé d'emprunter la même rue pour la troisième fois, puis de stationner devant le salon de coiffure unisexe pendant quelques minutes. Une constatation s'imposait: les lieux n'avaient pas tellement changé. Une maison occupait maintenant le terrain de jeux de mon enfance ; mais à part cela, c'était bien la même rue, plus vieille de quarante ans.

J'ai vu un homme passer près de nous, une serviette à la main. Il m'a fait penser à mon père lorsqu'il partait pour le travail et allait attendre l'autobus au coin de la rue comme je le fais maintenant presque tous les matins. Plus tard, il a acheté une voiture et a commencé à voyager à travers la province pour vendre des fenêtres. Puis un jour il a acheté sa propre entreprise.

J'ai alors eu l'impression qu'il y avait ici et là des moments de mon enfance qui ne demandaient qu'à reprendre vie. Comme je ne pouvais plus assumer mon passé immédiat, il me restait alors ce passé lointain. Je me sentais tout à coup à l'aise comme lorsqu'on se couche le soir, après une longue journée de travail, et qu'on a le sentiment que cette nuit qui nous accueille effacera tous les malentendus. On sait bien que les choses ne se dérouleront pas de cette façon, mais on aime bien se laisser prendre par l'illusion. Je ne pouvais faire autrement que de venir habiter cette rue.

J'ai fait signe au chauffeur de repartir. Il a hésité un instant, se demandant sans doute si nous recommencerions le petit jeu encore plusieurs fois. Je lui ai donné mon adresse pour le rassurer. En tournant au coin de la rue, je me suis rendu compte d'un autre changement : la pharmacie avait cédé sa place à des logements. Par contre, la vieille église anglicane, qui avait eu jadis pour moi un caractère si mystérieux, était toujours là, dans la rue voisine. La station-service existait toujours elle aussi. Je voulais demander au chauffeur de s'arrêter de nouveau, j'ai hésité puis je me suis dit que c'était suffisant pour l'instant.

Me revient à l'esprit ce petit poème de Pentti Saaritsa :

Moi non plus je ne crois en rien
mais je réagis !

Je connais ma branche, je sais
de quelles ruines elle a su émerger.

Je ne cesse de les raconter.

12

Chaque fois que je m'assois devant la fenêtre pour écrire dans mon cahier, j'ai l'impression que je n'aurai rien de plus à dire sur ma vie. Pourtant, je me retrouve toujours en train de réfléchir sur moi et sur les êtres qui m'ont fait. Car sans eux, et sans le hasard qui guide nos pas et nous aide à prendre des décisions quotidiennes ou existentielles, je ne serais pas rendu où j'en suis. En écrivant cela, je ne veux surtout pas me dégager de mes responsabilités, mais plutôt banaliser en quelque sorte ma propre existence. Sans doute pour avoir le courage d'y faire face.

Ainsi, cette femme rencontrée dans l'autobus hier matin. Je ne la connaissais pas du tout, j'étais persuadé que je la voyais pour la première fois. Pourtant son attitude m'a bouleversé pendant quelques heures. J'ai même eu tout à coup le sentiment que ma vie serait perturbée à jamais par sa présence.

Elle était assise devant moi et ne cessait de me regarder. Sans aucune gêne. Après quelques minutes, j'ai essayé de soutenir son regard. Au début, je ne pouvais pas le faire pendant plus de cinq ou six secondes, puis je suis parvenu à la regarder sans détourner les yeux. Je pense même que son voisin a été intrigué par notre manège. Je le voyais parfois sourire au-dessus de son journal.

Peu à peu, je me suis perdu dans son regard. Après quelques minutes, j'ai pensé qu'elle était dans la lune, mais non: ce regard persistant voulait sans doute me dire quelque chose d'important.

Je passais par toutes sortes d'émotions. Durant quelques instants, j'ai aimé cette femme que je voyais pour la première fois. Puis, pendant cinq minutes, je crois que je l'ai détestée à cause de sa trop grande assurance. J'ai esquissé un sourire, mais elle n'a pas bronché. Elle me regardait en gardant tout son sérieux. Et je ne parvenais pas à comprendre ce qui se cachait exactement dans ce regard. De la tristesse ? De la haine ? Du mépris ?

Quand nous sommes descendus de l'autobus pour nous diriger vers la station de métro, j'ai cru que c'était bien terminé. Mais elle est venue encore une fois s'asseoir juste devant moi et a recommencé à me regarder fixement. Cela a duré jusqu'à ce que je descende. Sur le quai, je n'ai pu faire autrement que de me retourner. Je l'ai vue qui me regardait toujours. Et j'ai senti ce regard durant une bonne partie de la journée. J'essayais de le faire disparaître, mais il me revenait toujours. Si cette femme était apparue au milieu d'une des salles du musée, cela ne m'aurait pas surpris du tout. Lucie a dû me trouver encore plus distant que d'habitude. Je lui ai à peine répondu lorsqu'elle m'a adressé la parole. Pourtant, si tu savais, chère Lucie, que je pense de plus en plus souvent à toi…

J'en suis venu à la conclusion que j'aurais dû faire un effort, lui dire quelques mots. Peut-être cette femme n'avait-elle pas parlé à quelqu'un depuis des jours. Mais que lui aurais-je dit ?

Elle avait environ cinquante ans. Ses vêtements me laissaient croire qu'elle devait être plutôt pauvre. Elle n'était pas particulièrement jolie, mais avait un certain charme. Si elle avait été plus richement vêtue, elle serait sans doute parvenue à attirer les regards autour d'elle.

Si j'avais parlé à cette femme, rencontrée par hasard dans l'autobus, ma vie aurait possiblement été transformée. Elle avait sans doute une raison importante pour agir ainsi. Une chose est certaine, je sais maintenant que même si je ne la revois plus jamais, elle fait partie de moi. Elle a pris place dans un recoin de ma personnalité. Un jour, si je me surprends en train de regarder un inconnu dans des circonstances semblables, je devrai alors penser à celle qui est à la source de cette attitude de ma part. Et au rôle du hasard dans nos vies.

Ainsi, cette invitation reçue en fin d'après-midi, le jour de la mort de Michelle et d'Odile. J'avais mon manteau sur le dos, je m'apprêtais à quitter le bureau lorsque ma secrétaire m'a dit qu'on voulait me parler au téléphone. Elle m'a demandé : « Vous êtes déjà parti ?... » J'ai hésité une seconde, puis j'ai décidé de prendre l'appel. J'étais sur le point de conclure une importante transaction avec une compagnie étrangère, j'ai pensé que c'était peut-être quelqu'un qui essayait de me joindre à ce sujet. Je ne pouvais me permettre de risquer de tout gâcher alors que nous étions si près du but.

Je faisais erreur, c'était tout simplement André, un vieil ami, qui nous invitait à passer la soirée chez lui. Nous ne nous étions pas vus depuis un certain temps. Michelle aimait beaucoup André et sa femme, Julie. Je lui ai parlé d'abord de ma fatigue, de mon besoin de prendre un peu de repos. Il a insisté, et j'ai accepté d'en toucher un mot à Michelle. Le mécanisme venait de s'enclencher à mon insu. Quelques heures plus tard, je serais seul dans la vie.

Michelle était elle aussi fatiguée et elle m'a même demandé de téléphoner à André pour annuler cette sortie. Elle n'avait pas la force d'aller passer quelques heures chez des amis. Nous pourrions remettre cela à une autre fois. Peut-être samedi ou dimanche. Nous ne savions jamais trop quoi faire le dimanche après-midi.

Puis Odile est arrivée du cégep et, contrairement à toute attente, elle nous a dit qu'elle aimerait bien nous accompagner chez André. Il avait fait des études en droit et, même s'il n'avait jamais vraiment pratiqué, il pourrait répondre à certaines des questions qu'elle se posait sur cette profession. Elle en avait parlé une demi-heure avec l'orienteur au cégep, mais elle trouvait qu'André pourrait la renseigner avec plus de précision. Elle ne comprenait pas d'ailleurs pourquoi il n'avait jamais pratiqué le droit, lui qui avait une façon si convaincante d'expliquer les choses.

Pendant trois secondes, j'ai vu Odile en toge noire, essayant de convaincre juge et jury que son client n'était pas coupable et que seules les circonstances pouvaient expliquer une telle erreur de jugement de sa part…

Finalement, Michelle a accepté pour faire plaisir à Odile et à André. J'ai oublié ma fatigue et j'ai pris un bon bain chaud avant le souper. C'était un lundi soir. Habituellement, le lundi soir, on se contente de lire le journal, de regarder la télé ou d'écouter un peu de musique. On se contente d'être là, tout simplement puisqu'il ne peut rien se produire d'important.

J'y arrive tranquillement. Encore quelques heures à écrire dans ce cahier et tout sera dit. Tout sera expliqué. Mais au moment de quitter la maison ce lundi soir-là, je ne pensais pas que je me retrouverais, quelques mois plus tard, assis régulièrement devant une fenêtre donnant sur une vieille rue de Montréal, un crayon à la main, tentant de revivre une partie de mon passé.

Gabrielle passe de l'autre côté de la rue, toujours vêtue de façon aussi peu discrète. Elle s'arrête, gesticule, repart. Depuis quand accompagne-t-elle Bruno à l'école ?

13

Quand j'attends l'autobus au coin de la rue, le matin, je pense souvent à mon père qui faisait comme moi, au même endroit, il y a quarante ans. Je me demande alors où il se tenait exactement. Maintenant il y a un abribus pour protéger les voyageurs du mauvais temps, mais je suis persuadé qu'il n'y en avait pas à cette époque. Il devait parfois se faire mouiller ou peut-être utiliser un parapluie. Je ne m'en souviens pas. Tout ce que je me rappelle, c'est que je le voyais partir avec sa serviette, son long manteau gris et son chapeau à la mode de l'époque. Il portait la moustache comme plusieurs de ses parents et amis.

Il y avait alors, au coin de la rue, une clôture de broche. Maintenant elle n'y est plus. Derrière cette clôture se dressait une petite usine qui a été remplacée par un immeuble à logements. En face, je vois toujours l'épicerie qui se trouvait là durant mon enfance. Par contre le tailleur et l'optométriste sont disparus. Un peu plus loin, la banque a cédé la place à une brasserie.

Mon père était toujours joyeux. Je me demande comment il faisait. Il riait facilement, surtout quand il était entouré de gens qu'il aimait. C'est l'image que je garde de lui. Non pas celle d'un homme décédé à la suite d'une maladie très pénible, mais celle d'une personne qui avait décidé de faire face à la vie et à toutes ses bêtises en souriant.

Quand il attendait l'autobus au coin de la rue, pouvait-il prévoir qu'il deviendrait quelques années plus tard propriétaire d'une entreprise et qu'il donnerait du travail à quelques dizaines de personnes ? Il y rêvait sans doute déjà sans trop y croire. De petit employé discret, il est devenu patron respecté. Il a su prendre en main une compagnie qui semblait à l'agonie et lui redonner vie. Je me souviens du scepticisme de mon grand-père. Pourtant, après quelques années, il a dû admettre que mon père avait presque réussi un miracle.

Aussi, quand il m'a demandé d'aller travailler avec lui, je n'ai pas pu refuser même si je ne voyais pas toujours l'intérêt d'une telle occupation. Je me suis dit que je pourrais consacrer tous mes loisirs aux choses que j'aimais. D'ailleurs mes études universitaires en lettres et en philosophie ne me menaient, à ce moment-là, nulle part. Et puis aller travailler avec mon père était une façon, je le comprends bien maintenant, de prolonger un peu mon enfance à ses côtés. Si je voulais épouser Michelle et lui procurer une vie agréable, je me devais aussi d'accepter cette offre. Il était toujours celui qui décidait même s'il s'efforçait de me confier de plus en plus de responsabilités. Sans lui, je serais probablement demeuré un éternel bohème, regardant les choses se dérouler sans avoir le courage d'y participer.

Mes amis les plus intimes n'ont pas compris comment j'avais pu décider si rapidement de me ranger. Surtout Paul et Martine, avec qui je passais de longues soirées à discuter. Ils me donnaient environ trois mois pour quitter ce travail qui ne pourrait me satisfaire. C'était évident dans leur esprit que je n'étais pas fait pour le neuf à cinq. Ma théorie sur la rêverie devant la fenêtre les faisait bien rire. Chaque fois qu'on se voyait, ils y faisaient allusion. Martine m'a dit un jour qu'elle avait même commencé une longue nouvelle intitulée « L'homme à la fenêtre ». Elle l'a d'abord dit en blaguant, mais j'ai su par la suite qu'elle s'y était mise pour vrai. Je n'ai jamais eu la chance de lire ce texte dont j'aurais pu être le héros. Je sais que Martine est devenue enseignante pendant quelques années, alors que Paul a travaillé dans une librairie du centre-ville un certain temps.

Aurais-je été plus heureux si j'avais continué mes études et si j'étais devenu ce qu'il est convenu d'appeler un intellectuel ? Je ne crois pas, car, avec mon père près de moi, je me sentais en sécurité. Quand Odile est née, j'ai eu l'impression que nous formions tous une grande famille dans laquelle il n'y avait pas de rôles spécifiques, mais des individus prêts à continuer à s'aimer. Même si la vie était fondamentalement absurde, nous avions réussi tout de même à nous y installer, dans un petit coin, bien au chaud. J'ai cessé, durant quelques mois, d'écouter le téléjournal pour oublier tout ce qui se déroulait de désastreux dans le monde.

Puis il y a eu la mort de mes parents. Ma mère nous a quittés avec une telle rapidité que, dans les semaines qui ont suivi son enterrement, il m'arrivait de croire qu'elle viendrait nous rendre visite d'un jour à l'autre. Un être cher ne pouvait pas nous quitter comme ça, sans prévenir. J'avais l'impression que sa mort n'était qu'un mauvais rêve. Qu'on me réveillerait bientôt. Qu'elle serait de nouveau là, près de nous.

Pour mon père, ça a été différent, plus long et plus atroce. Mais j'ai eu le temps de m'y préparer. Et lorsque je me suis retrouvé à la tête de son entreprise, il m'avait déjà tout expliqué dans les moindres détails. Et je m'étais découvert des qualités surprenantes de gestionnaire. Je me souviens du premier matin où je me suis présenté au bureau en tant que patron. On ne me considérait plus tout à fait de la même façon. Cela me peinait et me rassurait à la fois de voir que j'étais devenu en quelque sorte l'incarnation de mon père. Dans les jours suivants, je me suit fait tailler de nouveaux complets. J'ai mis un peu d'ordre dans ma coiffure. Lorsque je me regardais dans le miroir, je me reconnaissais encore, mais en même temps je n'étais plus le même. J'acceptais de jouer le rôle pour lequel mon père m'avait préparé. Quand je rencontrerais des acheteurs étrangers, j'aurais tout à fait l'apparence d'un dirigeant. Je faisais maintenant partie des décideurs, comme on disait dans le jargon du milieu.

Michelle trouvait cela plutôt comique, Odile également. « Et nous, comment allons-nous nous habiller maintenant ?... » me demandaient-elles en éclatant de rire. Elles m'appelaient « leur petit patron préféré ».

Après quelques semaines, j'ai réussi à devenir un directeur respecté. J'imposais ma vision des choses, et tout le monde était rassuré de voir que l'entreprise continuait à prospérer. Je voyais ça un peu comme un jeu. Tu avances d'une case au risque de reculer de deux dans quelques minutes. C'est à l'adversaire de lancer les dés. S'il commet une erreur, tu dois en profiter pour lui voler ses clients. Tu n'as pas à t'inquiéter, ce n'est qu'un jeu et, en plus, tu procures du travail à des gens qui en ont besoin et qui t'en seront reconnaissants toute leur vie.

Il m'est bien arrivé parfois de me demander pourquoi je m'étais embarqué dans cette galère. Quand cela se produisait, au lieu d'agir comme ces personnages de Simenon qui disparaissent brusquement pendant des années, je prenais quelques heures de congé pour aller flâner dans les rues du centre-ville. J'entrais dans un cinéma, puis chez quelques disquaires. Je marchais au hasard, comme je l'avais fait si souvent auparavant. Je m'arrêtais dans un café. Puis je marchais encore un peu, j'entrais dans une librairie. Toucher les livres, les feuilleter était un plaisir particulier. Je connaissais un vieux libraire avec qui j'aimais bien discuter. Il se souvenait toujours de moi. Il m'a même reconnu la première fois où je suis arrivé avec ma nouvelle allure de patron. Il ne m'a passé aucune remarque et m'a proposé quelques nouveautés qu'il avait lues avec intérêt. Michelle aimait bien certains artistes tels Dubuffet ou Giacometti. Comme j'étais maintenant plus fortuné, je pouvais lui acheter des livres dispendieux qui nourrissaient ses rêves durant des heures.

Je reprenais ma marche dans la ville pour une petite demi-heure. Il suffisait alors d'un coup de fil à ma secrétaire pour que je me rappelle qu'on avait toujours besoin de moi à l'usine. Le lendemain matin, j'étais le premier arrivé au bureau.

Paul et Martine sont venus au salon mortuaire, lors de la mort de mon père, pour partager ma peine. Ils se voyaient toujours. Ils avaient même essayé de vivre ensemble pendant huit mois, mais s'étaient vite rendu compte que leur amitié était préférable à une vie de couple insatisfaisante. Je ne les avais pas vus depuis près de dix ans et je les retrouvais comme si je les avais quittés la veille. Ils avaient l'air d'adolescents attardés comme cela se produit parfois chez les êtres qui ont refusé d'accepter de vieillir. Je les imaginais se baladant dans la vie avec les mêmes idées et les mêmes rêves que jadis. Nous avons promis de nous revoir. Nous avons essayé une ou deux fois sans trop de succès. C'était de ma faute, j'avais effectivement changé avec le temps. Perdre deux êtres aimés et donner naissance à un enfant ne peuvent faire autrement qu'aider quelqu'un à passer de l'adolescence à l'âge adulte, même si ce n'est pas son désir le plus cher.

Je vais devoir encore prendre un taxi pour me rendre au musée. J'ai rêvé trop longtemps devant mon cahier. J'apporte avec moi un petit livre bleu et blanc intitulé *Moments fragiles*. On y peut lire, page quinze :

Il pleuvait il neigeait comme aujourd'hui
que faisais-je enfant immobile au bord
de la rue je voyageais

14

Quand nous sommes arrivés chez André, ce soir-là, il était environ vingt heures. Nous avions bien ri durant le trajet. En fait, c'était Odile qui nous avait fait rire en imitant certains de ses professeurs. Elle avait eu le temps de nous en présenter quatre.

Je me suis souvenu, à ce moment-là, de ces rencontres avec les professeurs qui nous permettaient jadis de mieux connaître ceux et celles qui s'occupaient de nos enfants presque toute la journée. Michelle n'appréciait pas tellement ces réunions, alors que moi, j'y allais avec une certaine curiosité.

En écoutant Odile, je ne pouvais faire autrement que de les plaindre, les pauvres, qui devaient se donner en spectacle quotidiennement. Exploit que je n'aurais jamais été capable d'accomplir. L'enseignement, pour moi, c'était bien du spectacle. Et un spectacle pour lequel les comédiens étaient bien mal équipés. Comment pouvaient-ils parvenir à maintenir l'intérêt de ces élèves qui, depuis plus de dix ans, avaient à leur disposition tout le matériel audiovisuel le plus moderne pour se divertir ? Le comédien devant la classe n'avait, lui, que le tableau noir ou vert et sa personnalité. Ses connaissances et sa bonne volonté. Il était désavantagé, et il le savait sûrement.

En écoutant Odile, qui au fond ne disait rien de méchant, je m'imaginais le stress vécu par certains enseignants au moment de se présenter devant les groupes plus difficiles. J'imaginais aussi leur découragement quand ils se rendaient compte qu'ils ne pourraient jamais aider comme ils le voulaient tous ces élèves qui leur étaient confiés. Et ces nouveaux programmes préparés par des fonctionnaires qui n'avaient peut-être jamais mis le pied dans une classe…

J'étais touché d'entendre Michelle et Odile éclater de rire, mais je ne pouvais m'empêcher de penser que ce n'était pas si drôle que cela. Je réalisais que si j'avais poursuivi mes études en philosophie ou en lettres, je serais probablement devenu un de ces enseignants que je plaignais. Mais je pensais aussi à leurs longues vacances estivales, à leur congé du temps des fêtes. Je ne savais plus si je devais vraiment les plaindre ou en être jaloux.

Odile m'a demandé : « Tu ne me trouves pas drôle ?… » J'avais cessé de rire au moment où elle commençait la troisième partie de son petit numéro. Je lui ai souri dans le rétroviseur et cela lui a donné l'audace nécessaire pour continuer l'imitation de son prof de mathématiques qui parlait terriblement vite et qui effaçait, semble-t-il, le tableau tellement rapidement que personne n'avait le temps de prendre en note ce qui y était écrit. Avant, elle avait parlé de son prof de bio qui disait sans cesse qu'il ne fallait pas perdre de temps parce que le programme était très chargé. Ce jour-là, un élève l'avait d'ailleurs écrit en grosses lettres au tableau avant le début du cours, ce qui avait bien fait rigoler tout le monde. Y compris le prof en question.

Nous sommes donc arrivés chez André vers vingt heures. Assez bizarrement, j'ai eu l'impression que la présence d'Odile l'embêtait un peu. Pourtant, il aimait Odile depuis toujours. Comme lui et Julie n'avaient jamais eu d'enfant, ils l'avaient en quelque sorte adoptée. Souvent, quand elle était plus jeune, ils venaient la chercher pour l'emmener à La Ronde ou au cinéma. Ils lui apportaient habituellement un cadeau le jour de son anniversaire. Mais là, j'ai cru deviner dès notre arrivée qu'André aurait préféré une rencontre à quatre. Et cette impression s'est précisée quand j'ai compris, à travers quelques remarques de l'un et de l'autre, que le climat n'était pas au beau fixe chez nos amis. J'ai su plus tard qu'ils nous avaient fait venir ce soir-là pour nous parler de leurs difficultés, de leur vie de couple qui s'essoufflait.

André a abordé de nouveau le sujet en visitant mon petit logement de solitaire. Il m'a demandé en entrant : « Tu vas vraiment habiter ici ?... » Quelques jours auparavant, j'avais reçu la visite de mes beaux-parents. Je n'étais donc pas trop surpris de sa réaction. Puis, il n'en a plus jamais parlé, acceptant le choix que j'avais fait même s'il ne le comprenait sûrement pas.

C'est à cette occasion qu'il m'a confié que lui et Julie ne savaient plus alors comment envisager l'avenir. Ils avaient même pensé se séparer pendant quelques mois sans jamais arriver à s'y résoudre. Ils étaient bien conscients du risque énorme que cela comportait. Peut-être n'en viendraient-ils pas à la même conclusion après cette séparation.

Mais de tout cela, nous n'avons pas parlé ce lundi soir où Odile nous accompagnait. André et elle ont discuté longuement de la profession d'avocat, de ses plaisirs et de ses difficultés. En écoutant parler André, je me demandais même s'il ne regrettait pas sa décision d'opter pour le monde des affaires plutôt que la pratique du droit. Je les regardais et je me considérais comme chanceux d'avoir une fille telle Odile et un ami tel André.

Michelle et Julie s'étaient retirées dans une autre pièce pour regarder une entrevue à la télé avec une célèbre féministe américaine de passage au Québec. Je les entendais parfois s'exclamer. Il faut dire qu'elle en mettait beaucoup, probablement à cause de la mauvaise foi dont faisait preuve l'intervieweur. Je suis allé bientôt les rejoindre, mais elles étaient tellement concentrées sur ce qu'elles regardaient qu'elles ne semblaient pas s'apercevoir de ma présence. Je les observais et j'étais heureux d'avoir une épouse comme Michelle et une amie comme Julie.

Durant plus d'une heure, je suis allé comme cela d'un couple à l'autre, sans vraiment participer à leurs conversations. J'étais bien, simplement à les regarder. Il faut dire aussi que j'avais bu un peu plus que d'habitude. Je me sentais léger, comme débarrassé de tous les problèmes qui avaient pu accaparer mon esprit au cours des derniers jours. Qu'importe, me disais-je, si ce contrat qui me demande tant d'énergies n'est pas conclu. Des fenêtres, nous en vendrons à d'autres qui auront besoin de rêver certains jours de pluie…

Puis je me suis réfugié dans un coin. Je considérais cette soirée comme un des beaux moments de ma vie des derniers mois. Je réalisais alors que si j'avais écouté ma fatigue, j'aurais raté ces quelques heures d'amitié. Et cela aurait été bien dommage.

Je me suis rappelé que j'avais, dans la poche de mon paletot, le dernier livre de François de Cornière acheté quelques jours plus tôt chez mon libraire préféré. Il me suggérait depuis un bon moment de revenir à la poésie. Après quelques minutes de lecture, je suis tombé sur ceci :

Tout cela avait fait
que je n'avais rien fait d'autre
que de prêter l'oreille
à toutes ces choses qui passent
comme du jour à la nuit
sans qu'on s'en aperçoive.

« Tu crois que ça va durer ? »
avais-tu dit alors
de la pièce d'à côté.

Je suis resté là un bon moment à lire ce petit livre à la couverture blanche illustrée par Joël Desbouiges. Puis André est venu remplir mon verre après avoir mis de la musique de Mozart, celle qu'il préférait depuis le temps de ses études à l'université. J'entendais parfois les voix de Michelle et de Julie qui venaient de la pièce voisine. J'étais heureux. Je me sentais bien comme cela ne m'est jamais arrivé depuis.

Je me suis endormi quelques minutes. Lorsque j'ai ouvert les yeux, ils étaient là, tous les quatre, à me regarder. Avaient-ils été aussi heureux que moi durant ces heures ? Au lieu de leur poser la question, j'ai bredouillé des excuses. Ils trouvaient la situation bien drôle, regrettant de ne pas m'avoir photographié pendant mon sommeil.

Nous avons quitté André et Julie vers minuit. Dès que j'ai fait démarrer la voiture, il s'est mis à pleuvoir.

15

Il m'arrive de travailler le samedi et le dimanche, mais ce week-end ce n'est pas le cas. Je me retrouve avec deux jours de liberté ou de solitude.

Il ne me faut pas beaucoup de temps pour mettre un peu d'ordre dans le logement que j'habite. Il y a quelques mois, c'était bien différent. Michelle et moi, nous avions toujours refusé d'engager quelqu'un pour le ménage. Quand arrivait le samedi matin, il fallait s'y mettre et, si cela se déroulait souvent dans la bonne humeur, il y avait des moments où nous n'arrivions pas à partager les tâches dans la joie. C'était l'occasion pour Odile d'essayer de nous convaincre une fois de plus de trouver une personne qui viendrait s'occuper de tout ça durant notre absence. Mais Michelle ne pouvait se résigner à accepter qu'une étrangère fouille dans nos affaires. Elle disait toujours : « Je me sentirais envahie dans ma vie privée... » J'étais en cela plutôt d'accord avec elle. Maintenant, une petite heure et le ménage est terminé. Plus question de discuter avec qui que ce soit pour le partage des tâches ménagères.

Il était dix heures ce matin, lorsqu'on a sonné à la porte. Cela ne s'était pas produit depuis plusieurs jours. C'était Henri qui s'excusait de venir me déranger. Il faut croire que je me sentais d'humeur sociable puisque je l'ai invité à entrer et à s'asseoir pour prendre un café.

Il a paru surpris de ma gentillesse, cela a semblé le rassurer, le mettre à l'aise. J'écoutais de la musique religieuse. Il a fini par dire : « C'est beau, ça me rappelle quand je travaillais à l'église. L'ancien curé aimait le chant et la musique d'orgue… Vous saviez que j'ai été sacristain pendant longtemps ?… Le curé n'admettait pas toujours ma façon de fonctionner, mais au fond je crois qu'il m'aimait bien. Je pense que ce qui l'intriguait le plus, c'était de savoir si j'avais vraiment la foi. Je le rassurais régulièrement à ce sujet, mais il doutait du sérieux de mes propos… Et avec raison… »

Je savais bien qu'il avait été sacristain, puisque Gabrielle m'avait raconté tout cela. Quand j'ai mentionné le nom de Gabrielle, j'ai senti que je parlais d'une personne qui l'intéressait tout particulièrement. J'ai compris, au bout d'un moment, qu'elle était justement l'objet de sa visite.

Pourquoi Henri venait-il m'entretenir de Gabrielle, moi qui devais avoir la réputation d'être un sauvage aux yeux de plusieurs personnes du quartier ? Cela a continué d'être un mystère pour quelques minutes encore. Jusqu'à ce qu'il se décide à me dire que Gabrielle ne venait plus lui rendre visite, qu'elle le négligeait. Henri avait essayé de la contacter, mais elle semblait très occupée ces temps-ci. Elle lui avait même laissé entendre qu'elle avait fait sa part de bénévolat au cours des derniers mois. Il n'avait plus osé la déranger.

Après réflexion, il avait pensé à moi comme intermédiaire. J'allais lui dire « comme entremetteur », mais je me suis retenu. Gabrielle lui avait raconté sa visite chez moi. Et c'est pour cela qu'il prenait la liberté de venir me parler de son problème. Elle avait ajouté que j'étais une personne qui savait écouter les gens. Il a fini par me confier : « À mon âge, j'ai encore besoin d'une présence féminine… Et après avoir eu près de moi Gabrielle, je ne pourrai jamais me contenter des femmes qui sont membres du Cercle de l'Âge d'or. Vous allez peut-être me prendre pour un vieux vicieux… C'est elle qui a pris l'initiative de venir me voir, c'est elle qui m'a fait des avances. La premières fois, j'étais tellement gêné que je ne savais comment réagir. Mais elle a une façon bien personnelle de rendre un homme à l'aise… »

Je me suis retourné à ce moment-là pour mettre de l'ordre dans la cuisine, alors que ce n'était pas nécessaire. Je ne voulais pas faire voir à Henri le sourire que je dissimulais difficilement. Il était un peu ridicule, mais en même temps j'éprouvais pour lui de la tendresse. Il avait l'air du jeune garçon qui a peur qu'on le dispute et qui dit continuellement à son père : « Ce n'est pas moi qui ai commencé. Je ne suis pas coupable… » J'essayais de penser à d'autres hommes de son âge et à ce qu'ils pouvaient vivre. Seuls les deux Gérard, mon propriétaire et mon beau-père, me sont venus à l'esprit. Puis j'ai réalisé que je pourrais dire à Henri que ma situation de solitaire ressemblait fort à la sienne depuis plusieurs mois.

Henri a ajouté : « Je ne vois pas pourquoi elle parle de bénévolat, je la paye, enfin je lui fais un petit cadeau chaque fois qu'elle me rend visite. Et elle ne semble pas s'ennuyer… Je ne lui donne peut-être pas assez… Qu'en pensez-vous ?… Combien lui avez-vous donné, vous, à Gabrielle quand elle est venue vous voir ?… »

Là j'ai perdu brusquement toute la tendresse que j'éprouvais pour Henri depuis quelques instants. Je ne savais pas comment réagir, comment contenir la colère qui montait en moi. Je crois que je ne me suis pas fâché depuis le début de ma vie solitaire. Je n'ai plus la force de m'emporter. Henri n'y était évidemment pour rien, c'était sûrement Gabrielle qui lui avait raconté sa visite chez moi. Aux yeux des gens du quartier, j'étais donc devenu un de ces hommes solitaires à qui Gabrielle rendait visite. Si Henri pensait cela, le propriétaire et l'épicier devaient le penser également. Et pourquoi pas la petite coiffeuse d'en face ? Cela serait-il venu jusqu'aux oreilles de mes beaux-parents, qui habitent à quelques minutes de marche de chez moi ?

Henri a fini par comprendre qu'il était allé trop loin. Il s'est levé en murmurant des excuses. Il voulait partir. Il avait encore l'air d'un jeune enfant pris en faute, rouge de honte, qui s'attend à la pire des punitions. Il me faisait de nouveau sourire. Ma colère est tombée aussi rapidement qu'elle était apparue. J'ai fini par réussir à lui dire : « Je vais essayer de voir ce que je peux faire pour vous aider. Mais, vous savez, Gabrielle, je ne la vois pas souvent. Parfois, nous nous croisons dans la rue ou à l'épicerie… La prochaine fois que je la rencontrerai, je vais lui rappeler que vous existez toujours… Je sais que son emploi lui demande beaucoup de temps. Elle rentre parfois très tard. Il y a aussi Antoine, dont elle doit s'occuper un peu… »

Henri m'a jeté un regard interrogateur, et j'ai compris que je venais de me fourvoyer. J'ai ajouté : « Je veux dire Bruno… Excusez-moi, je confonds souvent les noms des gens… Quel enfant adorable… Je pense que Gabrielle aimerait bien l'avoir plus souvent près d'elle… Elle m'en a parlé lors de sa seule visite. Elle avait besoin de bavarder avec quelqu'un. C'est pour cela qu'elle a sonné chez moi un soir. Vous savez ce que c'est, la solitude… »

Rendu près de la porte, Henri m'a regardé, hésitant. Il devait se demander si ma version était la bonne. Gabrielle pouvait-elle être venue me rendre visite juste comme ça, pour bavarder quelques minutes ?… Il m'a remercié pour le café et il est sorti sans ajouter un mot.

16

Un autre week-end. Hier, Lucie m'a téléphoné pour m'inviter à souper. « Je sais bien que c'est à la dernière minute, a-t-elle dit, mais je prends tout de même une chance… J'ai réalisé ce matin que vous étiez en congé pour deux jours. Je ne travaille pas moi non plus. Si vous acceptez, ce sera à la bonne franquette comme on dit, rien de très compliqué. J'ai quelques courses à faire. Je serai à la maison vers dix-huit heures… »

Il y a eu un long silence. Je ne savais trop si j'avais envie d'accepter. J'étais tenté de dire oui, mais j'hésitais. Je lui ai finalement répondu que cela me conviendrait mieux la semaine prochaine ou la suivante. Je ne savais pas du tout pourquoi je répondais cela. Je n'avais rien à faire. Je m'ennuierais peut-être même un peu durant la soirée. Pourtant, j'ai reporté notre rencontre. Je réalise maintenant que j'ai fait cela parce que j'avais encore besoin d'un peu de temps pour me préparer. Je redoute cette soirée avec Lucie. J'ai peur de ce qui pourrait se produire entre elle et moi. Au fond, j'ai surtout peur de moi.

Je n'ai pas eu beaucoup de femmes dans ma vie. Si j'excepte quelques rencontres de jeunesse sans importance, il n'y a eu que Michelle. Elle a pris rapidement toute la place. Elle s'est installée dans ma vie, je me suis installé dans la sienne. Et cela a duré pendant plus de vingt ans. Ce qui ne signifie pas que nous avons toujours été heureux. Le bonheur est une chose tellement fragile qu'il se casse au moindre choc. Et le nôtre s'est brisé plusieurs fois. Mais il nous a toujours été possible de le réparer avec minutie. Parfois, il restait en miettes quelques jours. Après un certain temps, un de nous deux avait le courage de tout recoller. Et de l'offrir à l'autre comme un objet précieux.

Je me souviens d'une fois où notre bonheur est resté en miettes plus longtemps. Cela a même duré quelques semaines. J'essayais alors d'imaginer ma vie sans Michelle et, à certains moments, j'y parvenais presque. Je me voyais habiter seul. À ce moment-là, Odile était encore une jeune adolescente. J'aurais loué un petit appartement non loin de son école pour qu'elle vienne éventuellement dormir chez moi. J'imaginais même que je pourrais avoir des aventures à l'occasion. J'ai pensé commencer à écrire un livre de philosophie. Un vieux rêve qui datait du temps de mes études à l'université et qui refaisait surface tous les cinq ans.

Puis un soir nous sommes allés souper chez mes beaux-parents et, au beau milieu du repas, j'ai réalisé l'absurdité de mes rêveries. J'observais Berthe et Gérard. Ils ne s'entendaient sûrement pas sur tout. Pourtant ils étaient ensemble depuis des années. Je ne les voyais pas séparés. Je ne me voyais pas non plus leur faisant part de notre décision de divorcer, Michelle et moi. J'ai alors senti une fois de plus que j'étais destiné à vivre avec Michelle.

En rentrant à la maison, nous avons longuement fait l'amour et tout est rentré dans l'ordre. C'était évidemment comme ça que se réglaient habituellement nos disputes. Je crois que Michelle n'avait pas vraiment besoin du contact physique pour être certaine de m'aimer. De mon côté, quand nous n'avions pas eu de relations sexuelles depuis huit ou dix jours, j'avais l'impression d'être en train de la perdre. Je la sentais s'éloigner de moi. Je commençais même à douter. J'avais besoin de la sentir tout contre mon corps.

Avant de m'endormir, ce soir-là, je me suis demandé si Gérard et Berthe avaient encore des relations sexuelles. Je n'arrivais pas à les voir enlacés, se caressant. Éprouvaient-ils encore du désir l'un pour l'autre après toutes ces années de vie commune ?

Toute ma vie amoureuse a été consacrée à une seule femme. Pendant les vingt-deux ans où j'ai partagé ma vie avec Michelle, je ne l'ai jamais trompée. Je dois admettre qu'une fois je suis venu bien près de le faire. Je me suis laissé aller à suivre une jeune Française de passage à Montréal pour discuter affaires avec moi. Après le souper, je lui ai fait visiter la ville. Elle s'exclamait sur tout, ravie, disant même qu'elle aimerait s'installer un jour ici. En fin de soirée, elle m'a invité à son hôtel. Mais là, ça n'a pas marché. J'ai dû avoir l'air un peu ridicule. J'ai senti que je ne pourrais pas faire ce qu'elle attendait de moi. Je l'ai quittée brusquement. Le lendemain je l'ai reconduite à l'aéroport. En me saluant, elle m'a dit qu'elle espérait que nous aurions l'occasion de nous reprendre. Nous ne nous sommes pas revus. Je peux donc dire que je n'ai jamais vraiment trompé Michelle.

Maintenant, si j'avais une relation avec une autre femme, j'aurais encore l'impression de la tromper. Je crois que je me sentirais encore coupable. C'est sans doute ce que je serai obligé de dire à Lucie lors de notre souper de la semaine prochaine. Par certains côtés, Lucie ressemble d'ailleurs à Michelle. Parfois, elle est dans la lune comme cela arrivait à Michelle. Elle a aussi une façon de se gratter la tête qui provoque le rire et qui me fait songer à Michelle. J'ai toujours été attiré par des détails comme ceux-là. Le livre de philosophie que je voulais écrire devait porter sur le rôle des petits événements dans le destin d'une vie. Essayer de voir comment nos vies sont façonnées par de multiples petites choses qui nous influencent plus que tous les questionnements profonds.

Quand nous étions à l'université, Paul et Martine utilisaient à mon sujet un mot qui est maintenant à la mode. Il m'appelait le « minimaliste ». Je pense qu'ils me trouvaient un peu maniaque à cause de la façon que j'avais d'accorder de l'importance aux choses sur lesquelles les gens ne s'arrêtent à peu près jamais. Quand ils sont venus m'offrir leurs condoléances à la mort de mon père, ils y ont même fait allusion pour essayer de me détendre. Je devrais maintenant les revoir. Ils comprendraient, eux, mon attitude actuelle face à la vie. Ils ne seraient pas dépaysés en entrant dans mon logement. J'imagine qu'ils habitent un endroit semblable à cause de leurs maigres revenus. Ils sont un peu comme moi : ils regardent la vie et n'y croient pas assez pour essayer de la modifier. C'est un spectacle souvent désolant, se disent-ils, mais c'est au-dessus de nos forces de tenter de le changer.

Il y a un an, j'étais du côté de ceux qui aiment faire bouger les choses. J'avais pris goût à la vie active. Et je me sentais utile. Je donnais du travail à quelques dizaines de personnes. Je participais à l'économie, en quelque sorte. J'étais un rouage. Lorsque ma compagnie a remporté un prix remis par le gouvernement aux entreprises qui avaient fait le plus de progrès durant les cinq dernières années, tout le monde était fier de moi. Surtout mes beaux-parents, qui en parlaient avec bonheur à tous leurs amis. Ils ont d'ailleurs conservé la photo de moi parue dans le journal à cette occasion.

Maintenant que mon travail consiste à déambuler dans les salles du musée en rêvant devant les œuvres d'art, je ne serai plus jamais perçu comme une vedette montante de l'économie québécoise. Un tableau ou une fenêtre, deux occasions de rêver... Depuis que j'habite ici, je ne lis plus que de la poésie. Cela aussi doit modifier le regard que je jette sur la vie.

Le calme que procure l'abri de la fenêtre ne me leurre pas sur sa durée ni sa précarité. Comment dit-on : besoin de souffler un peu, de regarder sans penser à rien s'élever la fumée de la cigarette contre la vitre ?... La pluie qui raye obliquement la place ajoute à l'impression d'absence en éloignant les passants. Elle tombe et ne fait guère de bruit. Mon corps aussi est muet. C'est l'heure où rien n'existe...

Le fait de voir quelqu'un fumer une cigarette a toujours été pour moi un phénomène incompréhensible, étrange. Par contre, cette fumée qui s'élève contre la vitre, dans le petit poème en prose de Jean-Claude Martin, devient l'occasion d'une rêverie délicieuse. Un jour, je me suis surpris à vibrer à la lecture du récit d'un combat de boxe raconté par un romancier français contemporain. Pourtant je n'ai jamais été capable d'accorder de l'intérêt à ce sport.

Choisir les bons mots et les placer dans le bon ordre. Voilà.

17

Effectivement, je me suis un peu ennuyé durant la soirée d'hier, ce qui m'a fait regretter de ne pas avoir accepté l'invitation de Lucie. J'ai même pensé sonner chez Henri pour jaser un peu avec lui. Puis j'y ai renoncé, ne sachant pas de quoi nous aurions pu parler. Je suis allé marcher quelques minutes dans le quartier. Je me suis fait surprendre par une petite pluie froide comme il y en a parfois au début de mars. Les rues étaient désertes. Seules quelques fenêtres éclairées donnaient signe de vie. On pouvait parfois deviner des gens assis devant leur téléviseur pour regarder la traditionnelle partie de hockey du samedi soir.

Je suis rentré à la maison trempé. Je me suis assis devant la fenêtre, mon téléviseur à moi. Vers vingt et une heures, j'ai vu Gabrielle qui sortait de chez elle. La voiture bleue l'attendait dans la rue. Pendant une seconde, j'ai eu l'impression qu'elle jetait un coup d'œil vers ma fenêtre. Pourquoi l'aurait-elle fait ? J'aurais pu alors sortir en courant et lui demander de m'amener au club où elle travaille. Je n'ai pas souvent passé une soirée dans un bar à siroter un verre. Si j'avais agi ainsi hier soir, je me serais sans doute senti un peu ridicule. Et puis cela aurait accentué mes liens avec Gabrielle. Chose que je ne désire pas vraiment.

Si je savais où elle travaille, je pourrais aller m'asseoir au fond de la salle et l'observer discrètement. J'ai toujours aimé observer les gens. J'ai un côté voyeur. C'est certain. Michelle l'avait remarqué. J'adorais la regarder se déshabiller le soir. Au début, mon regard l'intimidait. Puis elle a compris, je crois, que c'était un cadeau qu'elle m'offrait. Même quand elle a atteint la quarantaine, j'aimais la contempler. Son corps avait perdu sa jeunesse, mais je le trouvais encore plus beau, riche qu'il était maintenant de tout ce qu'elle avait vécu. La dernière fois où je l'ai observée, elle m'a dit : « Tu ne te fatigueras donc jamais de me regarder ?... Quand j'aurai quatre-vingts ans, le feras-tu encore ?... »

Je me suis alors rappelé ces photos exposées par un artiste canadien-anglais qui se plaisait à montrer des vieux corps usés, fatigués, dans des poses qui les désavantageaient. Au bout de quelques minutes, j'avais quitté la salle d'exposition, incapable de tolérer un tel spectacle. J'entendais l'artiste me dire : « Vous voyez comment vous allez être si vous persistez à vouloir vivre trop longtemps... » J'avais été bouleversé en pensant que le corps de Michelle pourrait un jour perdre, pour moi, tout son attrait.

J'aimais bien observer aussi les autres femmes, par exemple celles que je croisais durant la journée à mon travail. Mais depuis qu'Odile avait atteint l'âge de quinze ans, je ne regardais plus les jeunes femmes de la même façon. J'étais surtout frappé par leur candeur, par une certaine fraîcheur qui se dégageait du moindre de leurs gestes.

Il y a quelques années, André m'a raconté une histoire terrible qui me revient parfois à l'esprit. Il connaissait un homme qui avait une fille de vingt ans. Cet homme avait alors sensiblement l'âge que j'ai maintenant. Un jour, sa fille a disparu de la maison. Elle était encore aux études. C'était une fille à qui on ne pouvait rien reprocher. On ne l'a plus revue pendant plusieurs semaines. Bien sûr, lui et son épouse ont imaginé le pire. Elle avait quelques amis, mais ils n'ont été d'aucun secours. On a signalé l'événement à la police sans trop d'espoir. On a pu voir sa photo dans le journal accompagnée d'une brève description des vêtements qu'elle portait le jour de sa disparition. Les parents ne comprenaient pas et se sentaient coupables de ne pas comprendre. Ils avaient honte. C'est ce qu'ils ont avoué à André dans un moment de profonde détresse. Ils n'arrivaient pas à voir ce qu'ils auraient dû faire pour empêcher cela. À d'autres moments, ils se disaient qu'ils n'y étaient pour rien. Elle avait peut-être été enlevée…

Puis un soir, cet homme est entré dans un bar. Il s'est assis près de la scène. Il ne fréquentait pas très souvent ce genre d'endroit. Il y venait à l'occasion pour accompagner certains clients de passage et que la chose intéressait. Il a levé les yeux pour regarder les jambes, les hanches et les seins de la danseuse qui faisaient rêver une dizaine d'hommes et quelques femmes dissimulés dans la pénombre et la fumée. Quand elle s'est retournée vers lui, il a reconnu sa fille. Elle lui apparaissait comme une étrangère, mais c'était bien elle. Il s'est peut-être rappelé, à ce moment-là, les soirs de jadis quand il la berçait pour l'endormir ou encore la première journée qu'il l'avait reconduite à l'école. Peut-être n'a-t-il pensé qu'à se sauver, espérant qu'elle ne le remarquerait pas.

André ne m'a pas raconté la suite de l'histoire. J'ignore ce que sont devenus cet homme et sa fille. Je sais seulement qu'une telle chose ne pourra jamais m'arriver.

Ce matin, je me suis souvenu de la promesse que j'avais faite à Berthe, ma belle-mère. Je me suis demandé ce que je pourrais bien lui lire. En fouillant dans une boîte laissée dans un coin de ma chambre depuis mon arrivée, j'ai retrouvé ce merveilleux livre de Gabrielle Roy intitulé

De quoi t'ennuies-tu, Évelyne ?, que j'avais lu à deux reprises avec un réel bonheur. Michelle et Odile l'avaient également beaucoup aimé. Nous en avions parlé tous les trois un dimanche après-midi pluvieux.

Après leur avoir annoncé ma visite, je me suis donc présenté chez mes beaux-parents vers quatorze heures. Je n'étais pas encore assis que Gérard me disait : « Je vais en profiter pour sortir un peu. Je vais aller faire un tour à la salle paroissiale. Il y a peut-être quelques joueurs de cartes qui sont à la recherche d'un partenaire. Je vous remercie de votre visite. Ça va me donner un petit congé de lecture… Berthe ne sort presque plus… »

Au ton sur lequel il disait cela, j'ai compris qu'il s'agissait là pour eux d'un sujet de mésentente. Gérard devait se sentir un peu prisonnier dans la maison. Je n'ai pu faire alors autrement que de me demander de nouveau si Berthe et Gérard étaient encore amoureux l'un de l'autre. Comment vivait-on une relation de couple à cet âge ? De quoi parlaient-ils après toutes ces années de vie commune ? Il aurait été bien indiscret de ma part de leur poser de telles questions.

Avant de commencer notre séance de lecture, j'ai eu droit à une petite collation. Cette fois je ne me suis pas trop fait prier, puisque je n'avais pas mangé depuis le matin. Berthe attendait, bien sagement. Silencieuse. Son sourire me disait que j'avais eu raison de lui rendre visite. Quand je levais la tête, je voyais la photo de Michelle toujours sur le buffet de la salle à manger. Si je m'étais retourné, j'aurais aperçu la photo d'Odile, bien en place sur une petite table de coin. Je prenais donc ma collation, surveillé par trois femmes. J'étais gêné, ma main qui tenait la tasse de café s'est mise à trembler.

Berthe souriait toujours dans le silence. C'était comme une cérémonie. Je ne savais plus si j'étais heureux ou malheureux. J'aurais tout à coup entendu la voix de Michelle ou le rire d'Odile que je n'aurais pas été surpris outre mesure. Je les sentais là, tout près de moi. Dans un tel contexte, il était impérieux de faire connaître à Berthe le livre de Gabrielle Roy.

Nous nous sommes installés dans le salon pour la lecture. J'ai eu un peu de difficulté à placer ma voix. J'ai même buté sur la première phrase, que j'ai dû relire, mais c'était tellement une belle phrase que j'aurais pu la lire plusieurs fois avec plaisir : « Dans sa vieillesse, quand elle n'attendait plus grande surprise ni pour le cœur ni pour l'esprit, maman eut une aventure. » J'ai senti dès le départ que Berthe allait être intéressée. J'ai continué ainsi pendant environ une heure. Quand je levais les yeux, je voyais Berthe très attentive à ne pas perdre un mot de ce que je lisais. Cela m'a fait tout drôle, moi qui suis si peu habitué à parler autant.

Nous en étions environ à la page soixante, vers le milieu du texte, au moment où Évelyne voit « un paysage qui devait vivre à jamais dans son souvenir », lorsque le téléphone a sonné, venant briser le charme de notre belle rêverie. C'était Gérard qui voulait savoir si tout allait bien. Il s'en venait dans quelques minutes, un peu déçu de ne pas avoir trouvé un joueur assez fort à son goût. Berthe a hoché la tête, son sourire a disparu. J'aurais aimé lui demander à ce moment-là ce qu'elle pensait vraiment de Gérard.

Puisqu'elle était debout, Berthe en a profité pour m'offrir un autre café. Je me sentais un peu comme ce personnage du film *La lectrice* qui va d'un endroit à l'autre pour faire la lecture. Tantôt elle rencontre un homme d'affaires un peu trop entreprenant, tantôt elle lit pour une vieille dame devenue aveugle ou pour un adolescent handicapé. Je revoyais cette jeune femme blonde marchant à travers les rues d'une vieille ville de France. J'avais d'abord été charmé par la musique qui accompagnait ses pas. M'est revenue à l'esprit la situation embarrassante dans laquelle elle s'était retrouvée lorsqu'un vieux monsieur à l'air digne lui avait demandé de lui lire un passage du Marquis de Sade. J'ai souri en pensant que Berthe ne me demanderait sûrement pas une telle chose. En revenant avec la tasse de café, elle a sans doute remarqué mon sourire, mais n'a posé aucune question.

Elle s'est rassise devant moi, encore toute ravie de ce que nous venions de lire ensemble. Elle a dit : « J'aime bien la façon dont cette vieille dame voyage. Elle oublie l'événement triste qu'elle vient d'apprendre pour profiter du moment présent, des rencontres qu'elle fait dans l'autobus… C'est bien différent de ce que je lis d'habitude. Je demanderai à Gérard de continuer la lecture ce soir. » Puis, après un moment de silence, elle a ajouté : « Non, je ne lui demanderai pas. Ce sera votre livre. Je vais attendre votre prochaine visite pour connaître la suite… »

Nous en étions là lorsque Gérard est entré. Il a nommé quelques personnes qu'il venait de rencontrer et que Berthe connaissait. Puis il a fini par me dire : « Il y avait aussi Gérard, votre propriétaire. Nous portons le même nom, mais il joue bien mal aux cartes. Je le connais depuis fort longtemps, celui-là… Nous étions même ensemble à la petite école… »

Il était près de seize heures. J'ai prétexté un rendez-vous en fin de journée pour partir. Gérard ne semblait pas croire tellement à ce rendez-vous. J'ai parlé d'un collègue de travail qui devait passer à la maison vers dix-sept heures. Cela a donné un peu plus de crédibilité à mon petit mensonge. Berthe m'a rappelé qu'il nous restait plus de la moitié du livre de Gabrielle Roy à lire. Je lui ai souri et elle a compris que je ne l'oublierais pas.

Ce n'est pas encore le printemps, mais il est agréable de marcher à l'extérieur. Depuis que j'habite ce quartier, il m'arrive souvent de sortir pour prendre l'air, chose que je faisais très peu avant. Odile et Michelle me reprochaient d'ailleurs de ne pas prendre assez d'exercice.

C'est à cela que je pensais lorsque j'ai failli entrer en collision avec mon propriétaire, juste au coin de la rue. Il semblait avoir envie de parler, de sorte que j'ai appris beaucoup de choses sur mes voisins. Par exemple, celui qui s'affiche en face de chez nous pour la loi 101 est un ancien chômeur qui est retourné aux études à trente ans. Il m'a appris aussi que plusieurs maisons du quartier se sont vendues dans les dernières semaines. Les gens en ont obtenu de bons prix malgré la situation économique défavorable. J'ai su également que la jeune femme qui occupe le salon de coiffure unisexe n'est pas la propriétaire de son établissement ; il appartient à un de ses oncles qui prend soin d'elle depuis sa naissance. Pour ce qui est des jeunes qui habitent la maison de mon enfance, ils ont une drôle de réputation. Et il a ajouté : « On se demande bien ce qu'ils peuvent faire dans la vie. C'est vrai que les jeunes, de nos jours… »

Gérard semblait lancé. Je n'avais qu'à glisser un petit oui ou un petit non de temps à autre pour l'encourager à continuer. Il avançait en faisant de grands gestes. Je n'aurais jamais cru qu'il pouvait parler avec une telle volubilité. Mais je sentais bien qu'il n'avait pas dit encore ce qu'il voulait vraiment me dire, et que tout ce discours n'était qu'un long prélude pour meubler le silence.

Nous venions d'arriver à destination. J'ai compris qu'il hésitait à ajouter quelque chose. Il a fini par se décider : « Je voulais vous dire… Votre beau-père, que j'ai rencontré à la salle paroissiale, m'a parlé de la mort tragique de votre femme et de votre fille… Je sympathise beaucoup avec vous… Heureusement, vous êtes encore jeune… Ce n'est pas comme moi... Vous avez encore du temps devant vous... Moi, j'ai souvent l'impression que ma vie est presque terminée... »

Je l'ai remercié d'un signe de tête et je suis monté chez moi. Je ne savais trop si j'étais en colère contre l'autre Gérard, mon beau-père, qui avait en quelque sorte dévoilé mon secret. Bientôt, tout le quartier pourrait aussi sympathiser avec moi. J'en étais certain.

18

Je ne me suis pas préoccupé des enfants depuis plusieurs jours. Il y a cinq ou six semaines, ils constituaient pourtant mon principal point de repère dans le quartier. Je les observais de ma fenêtre presque tous les matins. S'ils savaient l'importance qu'ils ont eue pour moi, ils seraient stupéfaits. S'ils savaient que je les néglige maintenant, ils m'en voudraient peut-être.

C'est en pensant à eux que je me suis levé ce matin et j'ai eu envie de leur parler. Ce qui ne s'était pas produit depuis qu'ils avaient trouvé mon portefeuille dans la neige. Je me suis habillé rapidement. J'étais heureux de ce que je venais de décider. Je me préparais à faire une chose qui me tentait. Parler à des enfants ne m'était pas arrivé depuis longtemps. Et me lever en souriant non plus.

Eux, de leur côté, ils devaient sans doute être en train de s'habiller ou de déjeuner en maugréant. Ils devaient penser que la fin de semaine avait été beaucoup trop brève. Peut-être l'un d'entre eux inventerait-il une quelconque maladie pour rester à la maison, bien au chaud dans son lit. C'est ce qu'il m'arrivait de faire, autrefois, quand j'habitais dans la maison de mon enfance. Parfois il s'ensuivait des discussions entre ma mère et ma grand-mère sur ce qu'il convenait de décider. Une fois j'ai réussi à les berner. C'était l'année où je ne m'entendais pas bien avec l'enseignante responsable de ma classe. J'avais l'impression qu'elle me détestait et je n'arrivais plus à fonctionner. Rester à la maison me procurait donc une grande paix intérieure. Ces jours-là, j'étais d'abord heureux de ce que j'avais réussi à obtenir, puis après quelques heures je me sentais profondément coupable. Aussi malheureux que si j'étais allé à l'école. Cela me bouleversait. À la fin de la journée, j'avais de la fièvre et j'étais malade pour vrai.

Ce matin, j'ai surveillé les enfants par la fenêtre. J'étais prêt, mon manteau posé sur une chaise. Aussitôt que je les ai vus apparaître, je suis sorti pour aller les rejoindre. Cela ne devait tout de même pas avoir l'air prémédité. Je devais avoir l'air surpris de celui qui rencontre quelqu'un par hasard, comme ça, en sortant de chez lui pour aller faire une course à l'épicerie du coin.

J'ai cru, pendant quelques secondes, que mon stratagème ne fonctionnerait pas. J'ai traversé la rue pour m'approcher d'eux. Ils étaient maintenant rendus devant la salon de coiffure unisexe, juste à côté de la maison de mon enfance. Je les ai suivis pendant une minute ou deux, mais ils ne semblaient pas me voir ou ils faisaient comme s'ils ne me voyaient pas. Puis finalement, c'est Nicole qui s'est retournée pour me sourire et me saluer. Les autres ont ralenti, comme si elle leur avait donné un signal. Nous nous sommes tous mis à marcher en groupe. Moi au milieu d'eux. Cela m'a fait penser à ce qui se passait autrefois lorsque j'étais à l'école. Durant la récréation, cinq ou six élèves entouraient un enseignant et le suivaient quelques minutes, échangeant ou blaguant avec lui. Celui qui agissait ainsi était rapidement baptisé le « chouchou » du professeur. Aussi je ne le faisais pas trop souvent, même si cela me semblait une bonne occasion de mieux connaître ces êtres un peu mystérieux.

Les enfants paraissaient intimidés par ma présence. Ils ne parlaient plus du tout. Puis Nicole s'est mise à me poser des questions : « Vous n'avez pas encore perdu votre portefeuille, j'espère ?... Vous aimez cela habiter ici ?... Trouvez-vous que les gens sont gentils ?... Bruno dit que vous connaissez sa mère. Est-ce que c'est vrai ?... » J'avais juste le temps de répondre par un oui ou un non qu'elle enchaînait avec une nouvelle question. Finalement, celui que j'ai déjà baptisé Robert s'est écrié : « Tu te prends pour une police avec toutes tes questions ?... » Cela a fait rire les autres qui ont commencé à se bousculer comme si je n'avais pas été là. Ils venaient de retrouver leur façon naturelle de fonctionner. J'étais entouré de rires et de cris. J'ai aperçu une voisine qui me regardait par la fenêtre. Elle n'a sûrement pas compris ce que je faisais avec ce groupe d'enfants.

Nous étions maintenant rendus devant la pâtisserie. Quelqu'un a parlé du merveilleux dessert qu'il avait mangé la veille pour l'anniversaire de son petit frère. Comme je leur avais dit que je m'en allais à l'épicerie du coin, ils m'ont fait remarquer que j'étais dans la lune : nous avions dépassé l'épicerie depuis au moins trois minutes. Et cela a provoqué des rires encore une fois. J'ai dû admettre que j'avais conté un mensonge, qu'en réalité je voulais leur parler pour mieux les connaître. Marcel a dit que d'habitude il ne parlait pas aux étrangers, mais qu'avec moi c'était différent puisqu'il me connaissait un peu. Les autres semblaient tout à fait d'accord avec lui. Je me suis empressé de leur dire qu'ils avaient bien raison d'agir de cette façon. Moi non plus, lorsque j'étais petit, je n'adressais pas la parole aux étrangers.

Chaque fois que je prononçais une phrase, je me demandais si j'employais le bon ton ou les bons mots. Je surveillais leurs réactions. Je me suis même fait la réflexion suivante : si un professeur parle quotidiennement à des enfants de sept ou huit ans, n'en vient-il pas à revivre naturellement son enfance un peu chaque jour ? Ainsi, un enseignant qui exerce ce métier pendant trente-cinq ans peut avoir une enfance beaucoup plus longue que la majorité des gens. Lorsqu'il arrive à la maison le soir, il retrouve bien sûr son âme d'adulte pour parler à son conjoint ou à sa conjointe. Mais il peut mourir en pleine jeunesse même s'il a soixante ans. Et qu'en est-il de ceux qui côtoient les jeunes adultes du cégep ?

La cloche s'est fait entendre pour mettre fin à mes rêveries sur l'enfance. Nous étions arrivés devant l'école. Personne ne serait en retard ce matin. Ils partaient tous en courant, quelques-uns en me saluant de la main. C'étaient les couleurs qui me frappaient encore le plus. Ils riaient et couraient comme nous le faisions durant notre enfance, mais eux arboraient des couleurs joyeuses. Parfois il y en avait un qui tombait, puis se relevait aussitôt comme propulsé par un ressort invisible. J'ai aperçu Nicole qui revenait sur ses pas. Je sentais qu'elle voulait me demander quelque chose d'important. Elle a hésité deux secondes et m'a dit rapidement, avant d'aller rejoindre les autres : « J'espère que vous n'avez pas été trop malheureux quand votre fille est morte… »

Depuis que j'habite dans ce quartier, il m'est arrivé à quelques reprises de rester bouche bée devant une remarque à laquelle je ne m'attendais pas. Avant on me disait souvent que j'avais le sens de la répartie. Mais je l'ai perdu au cours des derniers mois. Je pouvais facilement prendre la parole dans une réunion, improviser un petit discours et faire rire les gens. C'était là mon arme favorite. Quand je parvenais à être drôle, la partie était gagnée. J'avais surtout l'impression d'avoir remporté une victoire sur l'ennui. Certains jours, je me rendais bien compte que je n'étais pas un véritable vendeur de fenêtres, mais plutôt un fils qui avait décidé de rendre son père heureux. Et qui trouvait la vie fondamentalement absurde même s'il se sentait aimé par les gens qui l'entouraient.

Ce matin, je suis demeuré encore bouche bée, cette fois debout devant la petite école qui était déjà là il y a quarante ans. Je me doutais que tout le quartier serait rapidement au courant de mes malheurs, mais je n'aurais jamais cru que cela se ferait en moins de vingt-quatre heures. Mon propriétaire devait être l'ami des parents de Nicole. C'était la seule réponse que je trouvais pour l'instant. Ils avaient dû se téléphoner hier soir. Si Nicole s'était retournée, elle m'aurait vu, figé sur place. Je crois que deux minutes après, je n'avais pas encore bougé.

Un homme d'une quarantaine d'années m'a demandé, en passant près de moi : « Puis-je vous aider ? Attendez-vous quelqu'un ?... » Il avait l'air aimable. C'était sûrement le directeur de l'école. Le principal, comme on disait quand j'étais jeune. J'ai vu dans ses yeux qu'il devait aimer les enfants et j'ai été heureux pour ces derniers. Dans mon temps le directeur devait toujours avoir un regard sévère, donner l'impression d'être prêt à réprimander le premier qui désobéirait.

Plusieurs enseignants étaient alors des religieux. La nuit, il m'arrivait de faire des cauchemars dans lesquels je les voyais transformés en créatures étranges ; parfois ils devenaient d'immenses oiseaux noirs qui survolaient la cour de récréation pour venir se poser près de nous. Ils perturbaient nos jeux. Certains enfants perdaient connaissance tant ils avaient peur. Je me réveillais en criant. Ma mère et ma grand-mère accouraient pour venir me consoler. On aurait dit qu'elles n'attendaient que cela, qu'elles veillaient sur mon sommeil. Après quelques secondes, j'étais presque content d'avoir fait ce mauvais rêve. Cela me permettait de les sentir tout près de moi, pleines de tendresse.

Le lendemain matin, au petit déjeuner, mon grand-père me demanderait de lui raconter mon rêve. Cela le faisait rire. Et lui permettait de lancer quelques remarques méchantes sur les religieux qu'il n'aimait pas beaucoup. Ma grand-mère quittait alors la cuisine, ne pouvant pas supporter les propos de son mari, sachant sans doute depuis longtemps qu'il ne servait à rien d'essayer de le faire taire quand il abordait ce sujet. Il ne l'accompagnait d'ailleurs à l'église que très rarement.

Le directeur d'école au regard si doux était toujours là, au milieu du trottoir, à attendre patiemment une réponse de ma part. Je suis parvenu à lui sourire et j'ai repris lentement le chemin vers chez moi. Le quartier était maintenant silencieux. Je craignais de voir quelqu'un sortir de chez lui subitement pour venir m'offrir ses condoléances avec quelques mois de retard. Je n'osais entrer chez l'épicier pour acheter le lait et le pain dont j'avais besoin. Je n'aurais su comment réagir s'il m'avait parlé, à son tour, de la mort de Michelle et d'Odile. Arrivé au bas de l'escalier qui conduit à mon appartement, j'ai cru deviner la tête du propriétaire derrière un rideau, mais je me suis empressé de monter pour ne pas lui laisser la chance de se manifester plus concrètement.

Quand je suis parti pour le travail, me sont revenus en mémoire quelques vers d'Emily Dickinson :

La poussière est le seul secret —
La mort, la seule
Dont on ne puisse tout apprendre
Dans son village natal.

19

Je déambulais dans les salles du musée depuis quinze ou vingt minutes, lorsque j'ai aperçu la vieille dame qui disait avoir déjà été l'amie de la femme de Jean Paul Lemieux. Je ne l'avais pas vue depuis au moins deux semaines. Je croyais que je ne la reverrais jamais.

Depuis dix jours, le musée présente une exposition sur les peintres américains des dix-neuvième et vingtième siècles. Je n'ai pas réussi encore à vraiment apprécier toutes ces œuvres un peu disparates. Il faut dire que j'étais plongé depuis déjà un moment dans l'univers de Jean Paul Lemieux et que je me sentais bien parmi tous ces personnages qui m'étaient devenus familiers. J'avais appris peu à peu à les connaître. Je les connaissais peut-être même mieux que certains voisins à qui je n'avais jamais adressé la parole. Je croyais que la vieille dame n'était probablement pas une habituée du musée, mais qu'elle avait commencé à y venir à cause de son engouement pour « le peintre de l'île aux Coudres », comme elle l'appelait.

J'ai d'abord fait comme si je ne l'avais pas remarquée et j'ai continué ma promenade silencieuse. Lorsque je me suis retourné, elle était tout près de moi. Elle a souri en me voyant sursauter. « Vous voyez, je suis toujours là, bien vivante, a-t-elle dit. Vous pensiez peut-être que vous ne me reverriez jamais… Je ne vous ai pas oublié… Je pense à vous... Vous aimez cela, vous, cette peinture américaine ?... J'aurais, pour ma part, préféré continuer à regarder les tableaux de Jean Paul Lemieux... » Elle s'est éloignée sans attendre ma réponse.

Je ne comprenais pas trop pourquoi elle me parlait ainsi. Si elle venait au musée, c'était pour les tableaux et sûrement pas pour me revoir, me dire qu'elle ne m'avait pas oublié. Mais comme elle était bien sympathique, je n'ai pas vraiment tenu compte de cette remarque un peu étrange à mon sujet.

C'est à l'heure du dîner que je l'ai retrouvée. Elle était assise avec quelques autres dans la salle de repos réservée aux employés. Ils étaient une dizaine qui m'attendaient. Ils me regardaient tous avec un petit sourire. Ils m'ont laissé entrer et m'ont donné le temps de refermer la porte derrière moi. Quand je me suis retourné, Lucie s'est approchée en tenant un gâteau de fête orné de quelques bougies, et j'ai eu droit au fameux « Mon cher Julien, c'est à ton tour... »

Il m'a fallu deux secondes pour me rendre compte que cela s'adressait bien à moi : nous étions le vingt-cinq mars et c'était donc mon anniversaire. Si je n'avais pas quitté la maison si tôt ce matin, j'imagine que Berthe et Gérard m'auraient joint au téléphone pour m'offrir leurs vœux. J'étais parti vers huit heures, je voulais avoir le temps de marcher un peu dans les rues de la ville. J'avais donc manqué le passage des enfants et probablement l'appel de mes beaux-parents.

Depuis quelques années, le jour de mon anniversaire ne me semblait pas un événement très intéressant. Odile et Michelle m'offraient des cadeaux, mais cela ne pouvait me faire oublier que je vieillissais et que je me rapprochais de plus en plus du jour de ma mort. C'était sans doute là une façon plutôt lugubre d'envisager la chose. Quand j'ai eu quarante ans, j'ai soudain compris que j'entrais dans une étape de ma vie qui n'appartenait plus à la jeunesse. J'ai même eu, ce jour-là, l'impression de quitter vraiment mon adolescence. Comme si une porte se refermait derrière moi. J'étais piégé. Je ne pouvais plus vivre dans l'insouciance. Avant, j'avais comme le sentiment d'être immortel.

Lucie m'a embrassé en m'invitant à souffler les bougies. Puis la vieille dame m'a serré dans ses bras comme si j'étais son fils. Elle semblait tout à fait contente de m'avoir joué un tour. D'autres se sont approchés, des collègues que j'avais appris à apprécier au cours des dernières semaines. Depuis mon arrivée, une petite manifestation de ce genre s'était produite à deux reprises, mais je ne pensais pas du tout qu'on ferait la même chose pour moi.

On m'a même remis une carte signée par tous. Certains y avaient ajouté quelques mots. Parfois une blague sur la vieillesse qui approchait. Lucie avait écrit :« Bonne fête à quelqu'un que j'estime beaucoup » La vieille dame : « Je n'oublierai jamais nos discussions sur les tableaux de Jean Paul Lemieux... » Si cela s'était produit il y a deux ans, j'aurais pris plaisir à leur adresser la parole. J'aurais réussi à me faire aimer un peu plus à l'aide de quelques phrases bien placées. Mais là je me suis contenté d'un merci et d'une formule du genre « Ce n'était pas nécessaire... mais cela me touche beaucoup... »

On m'a demandé de couper le gâteau. Lucie avait préparé du café. Notre patron est même venu faire son petit tour pour me serrer la main. On aurait dit une réunion de famille. Après quelques minutes, j'ai dû m'asseoir car j'étais un peu étourdi par tant de gentillesse.

Au moment de partir, la vieille dame, dont je ne savais toujours pas le nom, s'est approchée pour me confier : « C'est à cause de Lucie si je suis ici. Elle nous avait vus parler ensemble à quelques reprises. La semaine dernière, je suis venue au musée alors que vous étiez en congé. Elle m'a invitée à cette petite fête. Je pense, pour employer un euphémisme, qu'elle ne vous déteste pas du tout... Je me nomme Gertrude Gagnon. Je reviendrai sûrement au musée bientôt si je veux apprivoiser la peinture américaine. D'ici là, vous connaîtrez bien le sujet et vous pourrez répondre à toutes mes questions... »

Durant l'après-midi, j'ai continué à déambuler à travers deux siècles de peinture américaine. Parfois un tableau retenait mon attention quelques secondes. Mais j'étais plutôt distrait. Je ne pouvais faire autrement que de me demander comment j'avais pu oublier mon anniversaire. Car je n'y avais réellement pas pensé. Cela m'a troublé. Cette date revenait dans ma vie depuis quarante-six ans comme un point de repère incontournable. Je n'étais pas triste, mais plutôt surpris.

Pendant la soirée, le téléphone a sonné à quelques reprises. Cela ne se produit à peu près jamais. J'ai été obligé de faire installer le téléphone à cause de mon emploi au musée. Il y a parfois des changements dans les horaires de travail. Si un collègue s'absente, il faut le remplacer. On doit avoir la possibilité de me prévenir. Et puis je ne pouvais tout de même pas leur dire que je ne voulais pas avoir le téléphone. C'est aussi à cause de Berthe et de Gérard, qui aiment bien prendre de mes nouvelles au moins une fois par semaine.

Là j'ai d'abord reçu un appel d'André : « Je sais bien que tu aimes plus ou moins qu'on te rappelle que tu vieillis, mais je profite de l'occasion pour prendre de tes nouvelles... » Puis par la suite, Martine et Paul ont voulu me dire qu'ils ne m'avaient pas oublié. Ils étaient dans l'entrée d'un cinéma lorsqu'ils avaient pensé à moi... Un peu plus tard, Berthe a téléphoné pour m'offrir ses vœux et ceux de Gérard. Elle en a profité pour me rappeler qu'elle aimerait bien connaître la suite du récit de Gabrielle Roy. Le livre était toujours là où nous l'avions laissé, dans le salon…

Après avoir remercié Berthe et lui avoir promis d'aller bientôt lui faire la lecture, je me suis mis à pleurer comme cela ne m'était pas arrivé depuis longtemps. Les larmes coulaient sur mes joues, je me sentais en quelque sorte soulagé. Il y avait là une énorme charge émotive qui ne demandait qu'à sortir dans une belle confusion de rires et de larmes. Car je riais en même temps que je pleurais.

Au moment où j'écris ces lignes, je me souviens que cela m'est arrivé il y a cinq ans pendant un voyage d'affaires dans l'Ouest canadien. Le vol avait été tout particulièrement pénible à cause des orages que nous avions dû affronter. Arrivé à l'hôtel, j'avais découvert que Michelle et Odile m'avaient laissé plein de messages dans ma valise. Et à mesure que je lisais ces petits billets, je sentais les larmes couler sur mes joues. Elles me disaient qu'elles m'aimaient de toutes sortes de façons. Les phrases étaient parfois accompagnées de dessins.

Ce voyage devait durer dix jours, mais je suis revenu à la maison après une semaine. Heureux de leur faire une surprise.

20

Je n'ai pas vu Lucie de la journée. On m'a dit qu'elle s'était absentée pour une raison sérieuse. Je dois admettre que j'ai été malheureux de constater qu'elle n'était pas là. Je me suis même un peu inquiété. Je trouve de plus en plus qu'elle ressemble à Michelle. Elle a une nouvelle coiffure et cela lui donne un air moqueur que je ne lui connaissais pas.

Heureusement, j'ai reçu un coup de téléphone d'elle en début de soirée. Elle voulait prendre de mes nouvelles et surtout reparler de la petite fête qu'on avait organisée pour moi au musée. Elle s'est demandé après coup si elle avait bien fait. Comme je n'avais pas réagi beaucoup, elle voulait savoir si elle ne m'avait pas mis dans une situation embarrassante. Je l'ai remerciée, lui disant à quel point tout cela m'avait touché. Elle a semblé rassurée. Je n'ai pas réagi beaucoup parce que je n'arrive plus à réagir beaucoup. Voilà ce que j'aurais dû lui dire. Depuis la disparition de Michelle et d'Odile, j'ai perdu une partie de mes facultés.

Lucie s'est absentée à cause de la maladie de sa mère. Celle-ci est entrée d'urgence à l'hôpital ce matin. Elle a eu un malaise et s'est effondrée devant la porte de la maison. C'est un voisin qui l'a découverte et a appelé l'ambulance. Par la suite, il a réussi à joindre Lucie. Elle semblait bouleversée, parfois sa voix tremblait. Elle aurait des nouvelles demain en fin de matinée. Je ne savais pas que sa mère était encore vivante, elle ne m'avait jamais parlé d'elle avant aujourd'hui. Évidemment, il y a plusieurs choses qui la concernent dont elle ne m'a pas parlé.

Nous étions au téléphone depuis quelques minutes, quand je lui ai fait remarquer que nous ne nous connaissions pas beaucoup. « Ce n'est pas un reproche que je vous fais, ai-je ajouté. J'en suis sans doute le premier coupable. Lorsque vous avez tenté de mieux me connaître, je me suis refermé sur moi-même. Je suis comme cela depuis quelques mois... » Nous avons décidé de continuer à nous vouvoyer, pour le plaisir de la chose. Cela nous permet d'utiliser de belles formules qu'on entend rarement.

Il y a eu un silence assez long. Assez long pour créer un petit malaise. Je l'entendais respirer au bout du fil. J'ai voulu lui reparler de sa mère, mais c'est plutôt de moi que j'ai commencé à parler. Comme je ne l'avais pas fait depuis fort longtemps. Et je lui ai tout raconté sans qu'elle me pose de questions. Elle devait même se demander, au début, de quoi je parlais.

« Quand j'ai fait démarrer la voiture, il s'est mis à pleuvoir. Odile était assise derrière et Michelle à côté de moi. J'avais un peu bu et j'éprouvais de la difficulté à me concentrer sur la route. J'ai senti tout à coup le besoin de toucher Michelle, de la caresser. J'ai posé ma main droite sur sa cuisse et elle a sursauté. Je suis persuadé que si Odile n'avait pas été là, j'aurais trouvé un endroit désert et je l'aurais prise dans mes bras. Et tout cela après plus de vingt ans de mariage. L'amour fou après vingt ans...

« Michelle était toujours silencieuse à côté de moi et Odile n'arrêtait pas de parler. Elle continuait avec nous la discussion qu'elle avait eue avec André sur le rôle des avocats dans la société. Je l'écoutais, m'efforçant de lui répondre quand elle me demandait ce que je pensais. Je me suis dit que je devrais céder le volant à Michelle, mais je me suis rendu compte qu'elle venait de s'endormir, la tête appuyée contre mon épaule. Elle n'a donc pas été consciente de la suite des événements...

« Si tous les jeunes désirent avoir leur permis de conduire, ce n'était pas le cas d'Odile. Elle ne voulait pas en entendre parler. Elle affirmait même parfois que s'il y avait juste une personne sur terre qui ne savait pas conduire une automobile en l'an 2000, ce serait elle. Elle préférait marcher ou prendre les transports en commun. Elle disait que c'était sa contribution à l'écologie. Se comparant aux non-fumeurs, elle s'affichait comme non-conductrice. Elle avait même réussi à découvrir deux autres personnes au cégep qui pensaient comme elle. Deux sur trois mille... À un moment, j'ai pensé stationner la voiture et essayer de trouver un taxi. Mais je me suis dit que par ce temps ce ne serait pas une chose facile. Nous étions sur une petite route à l'extérieur de la ville. Je n'y connaissais personne. Dans quinze ou vingt minutes, nous arriverions à la maison. La pluie devenait de plus en plus violente. J'y voyais de moins en moins. Et c'est là que tout a basculé, au moment où Odile me posait une question pour la deuxième fois. Il y a eu un bruit énorme...

« Je me souviens maintenant d'avoir vu un accident semblable au début d'un film de Claude Sautet. Michel Piccoli conduit une voiture, et soudain il y a l'accident. On nous montre le véhicule basculant dans un champ. En plein soleil. Un camion surgit et c'est l'accident. Nous, c'était le soir. Et contrairement à lui, je ne roulais pas très vite. Parfois je me réveille encore en sursaut la nuit et j'entends ce bruit qui n'en finit plus. Des phares qui surgissent de nulle part. Et le bruit qui n'en finit plus. Comme une longue plainte qui s'étire. Puis plus rien. Rien du tout...

« Après, c'est le réveil à l'hôpital, le lendemain matin. Entre ce bruit infernal et le réveil, il y a un trou, un vide qui ne sera jamais comblé. Ma tête va peut-être éclater. Mes membres me font mal. Je découvre peu à peu le plâtre autour de ma jambe droite. Ma main gauche est enveloppée dans un épais bandage. Tout mon corps me fait mal. Atrocement.

« Gérard est assis près de moi et s'est endormi. Ses yeux s'ouvrent brusquement dans un sursaut de tout son être. Et il y a son regard que je n'oublierai jamais. Son regard qui me dit ce qui s'est passé pour Michelle et Odile pendant que j'étais inconscient. Dans cette pièce aux murs trop blancs, nous avons pleuré ensemble sans dire un mot. Le soleil était revenu. Je voyais, par la fenêtre, quelques branches qui se balançaient dans le vent. La vie continuait à l'extérieur, et nous ne pouvions que pleurer sans dire un mot. Parce que les mots ne voulaient plus rien dire…

«Il y a eu des jours de condoléances. Puis des policiers sont venus me poser quelques questions. Tout a été rapidement classé dans le grand livre des accidents de la route. Dans le grand livre des accidents mortels causés par le mauvais temps. J'ai appris qu'il y avait eu d'autres morts, ce soir-là, à cause de la pluie. Et peut-être à cause de l'alcool… On m'a dit que c'était probablement le conducteur du camion qui avait perdu le contrôle de son véhicule. Il avait été légèrement blessé. Je ne l'ai jamais rencontré. Il était peut-être présent à l'enterrement… »

Lucie ne parlait toujours pas. Je crois que nous sommes restés silencieux plusieurs minutes. J'étais près de la fenêtre et j'ai vu la voiture bleue qui venait chercher Gabrielle. Je me suis mis à parler de Gabrielle à Lucie. Également de Gérard et de mon voisin Henri. Puis des enfants. Aussi de la maison de mon enfance et des propriétaires actuels. J'ai même fait mention du salon de coiffure unisexe situé de l'autre côté de la rue. Je lui ai demandé si elle aimait faire la lecture à voix haute. Sans attendre sa réponse, je lui ai parlé du livre de Gabrielle Roy que j'avais commencé à lire pour Berthe. Je lui ai parlé aussi de l'épicerie du coin, de la pâtisserie et de l'école où j'étais allé avec les enfants. J'ai même fait allusion à cet homme que j'avais croisé, cet homme au regard si doux. Et qui devait aimer les enfants.

Cela a duré vingt minutes, peut-être plus. Elle m'écoutait toujours sans dire un mot. Quand elle a eu l'impression que j'avais tout dit ce que je pouvais lui confier pour le moment, elle a murmuré : « Je vous laisse. Je vous remercie de m'avoir raconté tout cela. La prochaine fois, ce sera moi qui parlerai. Bonne nuit. »

Après un bref silence, elle a ajouté : « Je crois que nous pouvons maintenant commencer à nous tutoyer. »

21

— Tu dors ?…

— Non, je me repose. Je me sens trop bien pour dormir. Si je m'endormais, j'aurais peur d'oublier ce qui vient de se passer. En me réveillant, je pourrais découvrir que ce n'était qu'un rêve…

— Moi, si je m'endors, je suis sûre que je n'oublierai rien. Je continuerai d'y penser même en dormant.

— Il y a un poème de Roland Giguère qui dit :

Paisible et lente tu t'avances
dans les heures chaudes du sommeil…

— Je connais peu la poésie. Mais j'aime les chansons. Celles que ma mère me chantait pour m'endormir et celles qu'on entend à la radio. Quand je marche dans les salles du musée, j'ai presque toujours une chanson dans la tête.

— Tu peux rester ici pour la nuit. Je ne pourrai pas dormir, mais cela ne me dérange pas. Je vais te veiller. Il y a longtemps que je n'ai pas traversé toute une nuit éveillé. Tu dors ?

— Non, pas encore. Mais je sens que c'est pour bientôt. J'ai presque hâte de m'endormir pour pouvoir me réveiller demain, ici, près de toi…

— S'il fait beau, je te ferai visiter le quartier.

— Je sens que je vais bientôt te quitter… pour mieux te retrouver…

— Tu crois que ça va durer ?

— …

— Tu crois que ça va durer ?

— …

Citations

p. 16 : Koltz, Anise, *Chants de refus*, Éditions Phi/ L'arbre à paroles/Écrits des Forges, 1993, p. 84.

p. 20 : Albertini, Lucie, *Poésies de Finlande*, Le Temps parallèle/ Écrits des Forges, 1990, p. 72.

p. 25 : Jacqmin, François, *Les saisons*, Éditions Labor, 1988, p. 163.

p. 30 : Saint-Denys Garneau, Hector de, *Poésies complètes*, Fides, 1949, p. 201.

p. 34-35 : Guillevic, Eugène, *Terraqué*, Gallimard, coll. « Poésie », p. 32.

p. 47 : Éluard, Paul, *Derniers poèmes d'amour*, Seghers, p. 130.

p. 52 : Cocteau, Jean, *Opéra* suivi de *Plain-chant*, Stock, Le livre de poche, p. 126.

p. 57 : Saint-Denys Garneau, Hector de, *Poésies complètes*, Fides, 1949, p. 36.

p. 72 : Albertini, Lucie, *Poésies de Finlande*, Le Temps parallèle/Écrits des Forges, 1990, p. 96.

p. 82 : Brault, Jacques, *Moments fragiles*, le Noroît, 1984, p. 15.

p. 86-87 : Cornière, François de, *Tout cela*, Le Dé bleu/ Écrits des Forges/ L'Arbre à paroles, 1992, p. 22.

p. 97 : Martin, Jean-Claude, *Le tour de la question*, Le Dé bleu/ le Noroît, 1990, p. 15.

p. 103 : Roy, Gabrielle, *De quoi t'ennuies-tu, Évelyne ?*, Boréal, 1984, p. 11, p. 55.

p. 112 : Dickinson, Emily, « 40 poèmes », *Liberté*, n° 164, traduction de Charlotte Melançon, 1986, p. 23.

p. 125 : Giguère, Roland, *L'âge de la parole*, l'Hexagone, 1965, p. 159.

Dans la même collection

Aude, *L'enfant migrateur.*
Marie Auger, *Le ventre en tête.*
Marie Auger, *Tombeau.*
André Brochu, *La vie aux trousses.*
André Brochu, *Le maître rêveur.*
André Brochu, *Les Épervières.*
Denys Chabot, *La tête des eaux.*
Anne Élaine Cliche, *Rien et autres souvenirs.*
Hugues Corriveau, *La maison rouge du bord de mer.*
Hugues Corriveau, *Parc univers.*
Claire Dé, *Sourdes amours.*
Danielle Dubé et Yvon Paré, *Un été en Provence.*
Bertrand Gervais, *Tessons.*
Louis Hamelin, *Betsi Larousse.*
Sergio Kokis, *Errances.*
Sergio Kokis, *L'art du maquillage.*
Sergio Kokis, *Negão et Doralice.*
Sergio Kokis, *Un sourire blindé.*
Claude Marceau, *Le viol de Marie-France O'Connor.*
Marcel Moussette, *L'hiver du Chinois.*
Paule Noyart, *Vigie.*
Jean Pelchat, *La survie de Vincent Van Gogh.*
Daniel Pigeon, *La proie des autres.*
Hélène Rioux, *Le cimetière des éléphants.*
Hélène Rioux, *Traductrice de sentiments.*
Jocelyne Saucier, *La vie comme une image.*
Gérald Tougas, *La clef de sol et autres récits.*
André Vanasse, *Avenue De Lorimier.*

Cet ouvrage
composé en Palatino corps 11,5 sur 14,5
a été achevé d'imprimer
en mars mil neuf cent quatre-vingt-dix-neuf
sur les presses de
AGMV/Marquis,
Cap-Saint-Ignace (Québec).